【金紙&銀紙】（きんがみぎんがみ）

金紙&銀紙とは、歌人である枡野浩一と、漫画家である河井克夫が、たまたま顔が酷似していたために結成したニセ双子ユニット。「紙のように痩せているから」という理由で、ふたりを引き合わせた劇作家の松尾スズキが命名した。

金紙&銀紙の 似ているだけじゃダメかしら？

枡野浩一
河井克夫

LITTLE MORE

特別寄稿——「似」の季節

松尾スズキ

しまった。枡野浩一と河井克夫からバイオグラフィをメールしてもらって年代順にコピペしてお茶を濁そうとしたら、二人のバイオグラフィは別のコーナーでものすごく詳しく掲載される予定という。じゃ、その手は使えない。素直に二人のことを書くしかない。凝った手法や凝っているように見せかけたずるい手法も好きだが、素直な文章を書く自分も嫌いじゃない。文章の本質は小学生の作文にあると、誰かが言ったような気がする。言わなかったような気もする。

河井くんとは10数年前、確か『パラノイア百貨店』という恐ろしい劇を上演する劇団の打ち上げで出会ったのだと思う。立教大生であることを知り、学歴コンプレックスの強い私は、「顔がおもしろいから役者になれば」と、適当なことを言って人生を狂わせてやろうとしたのだった。私の思惑は半ば以上はずれ、彼は、演劇の世界をかすりつつ、漫画家として、地味ではあるがしぶとく生きている。すくなくとも一時の「うのけん」は凌駕していると思う。

枡野さんは、と書いて思ったが、私は枡野浩一のことを枡野さんと呼んでいたか枡野くんと呼んでいたか、あれ？　微妙だな、電話で喋ってみればわかるとは思うが、喋りだしは「さん」で始まり、終わる頃には「くん」になってるような、多分そんな仲で、まあ、始めは「さん付け」で呼んでいたのはまったくあきらかだ。

河井くんは私と出会った頃、なにものにもなってなかったが、枡野さんはすでに特殊歌人として評価を受けている人であり、雑誌で初めて私のコラムをほめてくれた人なのであって、初めて会ったきっかけはいまいちはっきりしないが、確か、マガジンハウス編集者だった新井さんの紹介ではなかったか。なので、そりゃあ、さん付けの人で間違いない。

その頃、河井くんと枡野さんはけっこう遠くにいたように思う。そして二人が遠くにいた頃、私は、まだ二人が似ているとはまったく思っていなかったのである。

あ、似ている、と思い始めたのは、二人のメディア内の位置取りの微妙さの類似点に気づいた頃ではなかろうか。漫画家のような音楽家のような役者のような河井と、歌人のような評論家のような愛妻家のような枡野。なんかこの二人の白黒ついてない感じ、そして、頼まれれば専門分野じゃなくてもそこそこの仕事をこなしてしまう身軽な感じが、ある日、頭の中でつながったとき、「あー、つうか、それより顔が似てる！」と私は思ったのかもしれないし、巷で人々が、河井を見かけた枡野を見かけた、でも、あれは枡野かもしれない、いや河井だとワイワイ言い始めた時期もそれとほぼ同時だったような気がする。そして似てると言われはじめてからの二人の「似っぷり」もすごかった。二人が「似ることをいとわない二人」であったことも功を奏した。……功か？　うん、多分功だ。

この本は、偶然似てしまった二人が、「似てる」という事実からなにかを生み出そうとあがいた「似る魂」の軌跡である。そして似ているところを探せば探すほど、「違う」ということがはっきりしてくるという、発見に満ちた本でもあるだろう。

私は一時期ヨン様に似ていると言われたが、今はまったく言われない。あれは似ていたんじゃない、そういう季節だったのだ。「春」「夏」「秋」「冬」「似」だったのだ。似る季節、というものが人には一生に一回はあるのかもしれない。二人の「似」に立ち会えて、私はとても楽しかった。「似」は、今後も追及しようと、私は今似顔絵の仕事を始めている。深い。

「似」はほんとに深い。

金紙&銀紙の似ているだけじゃダメかしら?

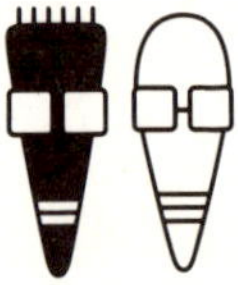

もくじ

まえがき――金紙&銀紙の思い出

枡野浩一（金紙）

私が加藤あいさんと「いい部屋みつかっ短歌」（ＣＨＩＮＴＡＩ）のＣＭに出演していちばん嬉しかったことは、「若い頃の萩原聖人のようでかっこいい」と言われるようになったことです。「若い頃の」って……。私はこの秋、三十八歳になりました。

自分は写真うつりやテレビうつりがいいのではないかと薄々自覚はしておりましたけれども、いくらなんでも萩原聖人に似ているとまで自惚れたことは一度もありませんでした。しかし私の内面を知らないゲイの男性がＣＭ映像だけにひかれてファンメールをくれたり、メガネ男子マニアの女性がブログにＣＭポスターの写真をアップして萩原聖人みたいだと語ったり、個々の現象を見るかぎり「枡野浩一は萩原聖人似」というのはあくまでも客観的事実だと思わざるをえません。

これまでの人生で草野マサムネや小沢健二に似ていると言われたことはあります。前者が「アエラ」の表紙になったとき実家の母親が驚いたらしいので、私に髪があった頃、たしかに似ていたのでしょう。ずっと音信不通だった旧友から深夜に電話がかかってきて「テレビで小沢健二を見てたらだれかに似てる気がして……思いだしたよ枡野くんだった！」と言われたこともあります。電話の用件はそれだけでした。

そのあとカジヒデキに似ているとも言われるようになり、ちょっと損をした気分になりました。

河井さんはそれらの人々に似ていると言われたことがあるでしょうか？　ないような気がしてなりません。にもかかわらず河井克夫と枡野浩一は親しい友人たちがまちがえるくらいそっくりでした。まだ出会う前、「アックス」河井克夫特集号に寄稿したメッセージをページ左上に再録しますのでご参照ください。

松尾スズキさんのはからいで初めて対面した日、身長や手の指の感じまでそっくりだったので、自分はほんとうは双子だったのに両親の離婚で行き別れになっていたのかと本気で思いました。話してみると、赤瀬川原平が好きだったり、「適材適所」が人生のモットーだったり、ほかにも共通点があることがわかりました。父親が結核にかかったことがあるということまで共通しており、ふたりの父親はじつは同一人物ではないのかとか、結核菌は精子に影響を与えるのかもとか、そんな非科学的な話が出るくらい似ていました。のちに河井さんは「父親が結核だったというのは母親の嘘かもしれない」と言っていましたが。

しかし、金紙&銀紙がほんとうのほんとうにそっくりだったのは、ほんの、つかのまのことでした。結婚と別居と離婚のダメージで、死の淵をさまようほど痩せていた頃の私だから似ていたのです。河井さんはまだ結婚も別居も離婚もしていないのに、死の淵をさまようほど痩せていた頃の私に似ている男なのです。

松尾スズキ監督は著書『恋の門　フィルムブック』（マガジンハウス）の巻末でこう語っています。〈この二人（金紙&銀紙）には、俺の作品には全部出てもらおうと思っています。〉……。松尾スズキ狂である私にとって、その言葉は永遠の愛を誓うプロポーズのように甘美でした。ともあれ、プロポーズの言葉だって、放たれた一瞬の中にだけ輝きが存在するからこそ甘美なものなのでしょう。

「いい部屋みつかっ短歌」のCM会議で二度目くらいに電通に行った日、会議室の机の上に「加藤あいさんの写真と河井克夫さんの写真をコラージュしたポスター（のダミー）」が並べられていました。ダミーをつくった人が写真集『撮られた暁の女』（扶桑社）の金紙&銀紙の写真を利用したせいなのですが、これは、ほんとうにあった話です。

金紙&銀紙は、2002年からの数年間、ほんとうにあった、ニセ双子ユニットです。

２００６年　秋

「アックス」（青林工藝舎）
Vol.27
河井克夫特集ページより

双子ですかと言われて

枡野浩一（歌人）

あるとき松尾スズキさんが飲み会の席で、「きょうはこれからマスノくんに顔がそっくりの漫画家と打ち合せなんだよ」とおっしゃいました。「漫画家・河井克夫」のお名前を記憶したのは、その瞬間だったと思います。

その後もいろんな人から「そっくり……」と言われました。ライターで放送作家の吉村智樹さんは初めて河井さんに会ったとき「どうして短歌の話をしないんだろう？」と不思議だったそうです。わざわざ河井さんの写真をデジカメで撮ってメールしてくれたのはフリーペーパー「カエルブンゲイ」のアライユキコ編集長です。

河井さんと私、共通の知り合いがけっこう多いんです。顔が似てると骨格の関係で声も似てるとよく言われますが、興味の対象も似てるのかもしれません。しかし、なぜかいまだにお目にかかれません。いつもニアミスするのに……。そっくりすぎるふたりが出会うと爆発する仕組みにでもなっているのでしょうか。

松尾さんが「河井克夫の顔は変」とかエッセイに書くたびに心が痛みます。かっこいいと私は思う。河井さん、大人計画の芝居に出ていたこともあるそうですが、同じ顔なのだから私が大人計画に参加する運命だってありえたのではないのかと、松尾ファンとしては嫉妬したくなってしまうこともありますね。

河井さんの漫画、好きです。とくに怪談ふうの作品が凄いと思う。いえ、「まるで自分が描いたようだ」なんて思いませんよ。才能ある人と顔が似ていて、ほんとに光栄です。

枡野浩一（撮影／松尾スズキ）

金紙（枡野浩一）年表

誕生、幼稚園時代
（1968〜1975／昭和43年9月〜昭和50年3月：0歳〜6歳）

1968年9月23日午前11時56分、東京五反田の病院で誕生。体重3710gという重さ！ へその緒が首に巻き付き、仮死状態だった。このときは杉並区西荻窪に在住。赤ん坊時代はとても太っていて、皆が抱くのを面倒がったという。

茨城県水戸市に転居、幼稚園に通うようになって急に痩せる。当時好きだったのは、くりばやしみさこちゃん。理由は「手がやわらかいから」。両思いで、結婚の約束をしていた。が、くすのきゆりちゃんとも、結婚式をしていた。

小学校時代
（1975〜1981／昭和50年4月〜昭和56年3月：6歳〜12歳）

父の仕事の都合など色々あって、合計4つの小学校に通った「転校生チルドレン」。小学校1年から4年までは茨城県水戸市にいた。5年からは東京都小平市。

生まれて初めての授業参観日に、「それは先生の質問のしかたが悪いと思います」と言ってしまい、のちのちまで恨まれた。

運動神経はなく、体育がいちばん嫌いだった。「うちの学年で登り棒に登れない子が一人いて、それは男の子なんです！」と先生にPTAで揶揄された。

勉強も嫌いで、興味のある理科や国語の成績はよかったが、漢字テストはいつも0点だった。得意なのは作文。必ず先生に読み上げられるので、クラスメイトという読者の目を意識して書いていた。遠足も、あとで作文を書くことを楽しみにして、そのために行くという感じ。

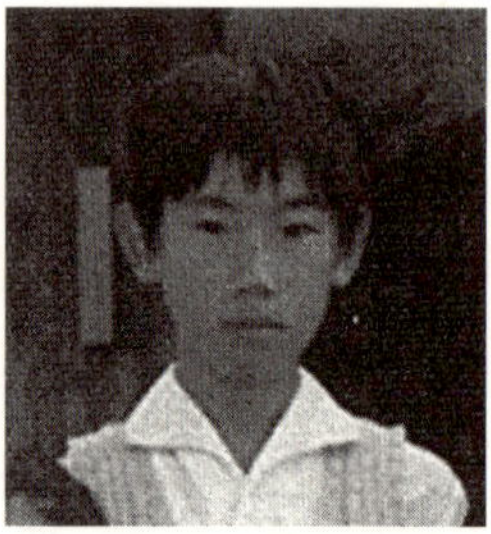
金紙・小学校時代

銀紙・中学校時代

銀紙（河井克夫）年表

誕生、幼年期時代
（1969〜1976／昭和44年4月〜昭和51年3月：0歳〜6歳）

1969年4月16日
愛知県豊橋市内の病院で誕生。だと思う。親に電話して聞けば正しいことがわかるのだろうが、どうも、その気が起きない。ていうか正直、そのへんあまり興味ない。

幼年期はテレビと漫画で過ごした。印象的な作品、番組名を列挙しようと思ったが、書いてくうちに膨大な量になったのでやめました。

小学校時代
（1976〜1982／昭和51年4月〜昭和57年3月：6歳〜12歳）

1976より　豊橋市立新川小学校通学
ノートに漫画を描いて、友達に見せたりするのに、多大な時間を費やす。

小学校では人形劇部に在籍。ハゲのおじさんがハゲの力で銀行強盗をやっつける、という劇を作・演出する。

中学校時代（1982〜1985／昭和57年4月〜60年3月：13歳〜15歳）

1982より　豊橋市立中部中学校通学
YMOに夢中になり、音楽活動を始める。最初に買った楽器はリズムマシン（Roland DR-110というやつ）。いわゆるニューウェイブの「ふざけた」部分のみに強く影響され、家にあったメロディオンや食器をでたらめに鳴らし、その音を録音したラジカセを早送りさせて、また録音したりして、結果的に前衛な音楽を自宅でつくっていた。学校では新聞部に在籍し、学校新聞に、ショートショートとか、4コマとかを描いたりしていた。一度、依頼を受けて描いた4コマ漫画に、先輩に勝手に手を入れられ（確か、服の模様とかを勝手に、しかも変なガラで描かれたのだと思う）、激怒するが、20年経ってプロになっ両親は戦前生まれで厳しく、NHKとカルピスこども劇場のアニメだけは観てもよかった。ピンク・レディーとキャンディーズをまちがえたりした。姉と妹がいて、父は留守がちで、母は強く、男ひとり肩身が狭かった。よくランドセルを忘れて学校に行った。遠足のとき一人だけ服装がちがったりした。

中学校時代（1981〜1984／昭和56年4月〜59年3月：13歳〜15歳）

小平四中。三つ上の姉がいた頃は校内暴力で有名で、その名残がまだ少しあった頃入学。姉が美人で成績優秀だったため、先生たちにすぐに名前を覚えられた。1年のとき、最初はまあまあ成績がよかったが、授業中ずっとおしゃべりしていたので、「枡野、おまえの成績を下げてやる！」と英語教師ミスター・イナオに授業中激怒され、ほんとうに成績がみるみる下がっていった。

「性知識が豊富だから」という理由で、クラスの満場一致で保健委員に選ばれた。「枡野をどうするか」という議題でホームルームもひらかれた。

自殺願望が強くなり、ノートに遺書を綴り始める。でも「こんな遺書じゃ死ぬに死ねない！」と思っているうちに長生きしていた。

童貞を失ったのは中学時代、と夕刊紙のインタビューで話したことがあるが（本にもなった）、本当は……。あのときの美人ライターさん、ごめんなさい。いつか真相は自分で書きます。

高校時代

（1984〜1987／昭和59年4月〜昭和62年3月：16歳〜18歳）

都立小金井北高校。

廃部寸前の文芸部に入り、1年のときから部長に。一人でたくさんの筆名をつかい、ショートショートや詩を書いていた。当初月1回のペースで部誌を出していたが、編集も印刷も製本も一人でほぼ全部担当……。

金紙&銀紙の歩み

2002年

4月　「アックス」vol.27　河井克夫特集号に枡野浩一がコメント。まだ出会ってなかった頃。本書まえがき参照。

5月　金紙&銀紙、結成。本書あとがき参照。「紙のように痩せているから」という理由で命名された。

7月19日　金紙&銀紙の「金銀パールプレゼント！」web連載1

松尾部にて連載スタート。しりあがり寿事務所をお借りして、松尾部の「小番頭」こと齋藤拓が金紙&銀紙の写真を撮影。たくさん撮ったあと、パソコンに取り込む段階でデータが全部消えてしまい、最初から撮り直した。

「SPA!」8月27日号『松活妄想撮影所』金紙&銀紙、柴咲コウと共演。このとき金紙と銀紙の名字は「辻」であることが初めて判明。柴咲コウが金紙&銀紙のあいだに挟まれる。

8月29日　金紙&銀紙の「金銀パールプレゼント！」web連載2

9月　金紙&銀紙にテレビ出演の打診。その顛末は本書26ページに……。

11月23日　金紙&銀紙の「金銀パールプレゼント！」web連載3

てからも、とある編プロに全く同じことをされることになる。ガロ周辺の「宝島」かなんかで、蛭子能収の漫画を見て衝撃を受ける。ノートに漫画を描いて友達に見せたりする。

中3のときに、別のクラスであったが、大阪に引っ越していくというので、餞別に江口寿史「すすめ！パイレーツ！」を全巻あげたパラチャンことアイハラくんは、20年ほどして、大阪では大人気の吉本芸人になっていたことがわかった。メッセンジャーの會原雅一氏。

高校時代

（1985〜1988／昭和60年4月〜昭和63年3月：16歳〜18歳）

1985より　愛知県立豊橋南高等学校通学

マルチトラックレコーダーというのを買ったので、友達のシンセを借りて演奏、録音し、友達に歌わせて、コミックソングを作ったりしていた。同じようなことを、20年近く経って宮崎吐夢とすることになる。

あとは、授業中、教師や級友が登場する漫画小冊子を、作ってまわす作業に専念したりする。

はじめて彼女が出来るがどうしていいかわからず、そんなことのほうに夢中ですぐ振られる。

大学時代以降〜1999

（1988〜1999／昭和63年4月〜平成11年：19歳〜30歳）

1988　立教大学文学部日本文学科入学。上京。

ヒップホップが流行り始めた頃で、DJのサークルがあったので入る。でも、そういうDJをやるには膨大なレコードを持ってないとダメなので、貧乏学生の私はすぐ断念。でも、その後20年近く経って、ロックフェスでDJが出来たので、よしとしたい。このサークルの3年後輩に、かの曽我部恵一がいるが、実は在学中は会ったことはない。

ダイヤルQ2が流行り出した頃で、知り合いの制作会社から、それ用のBGMの製作を頼まれたりする。

卒業が近くなって、就職するのも嫌だし、ぼんやりと漫画家をめざし、漫画を描いたりする。中島らものファンになり、主催していた劇団「リリパットアーミー」を見たのがきっかけで、演劇も見るようになそれを見かねた図書室仲間が次々と文芸部に入ってくれた。部は史上最高の活気を見せたものの、運営方針でぶつかるようになり、部長の座を放棄して2年で退部。

「成績不良者一覧表」の常連で、かろうじて卒業できたのは美術の成績がよかったせいだと、あとで言われた。ぶきっちょなのだがアイデア勝負のデザインで切り抜けていた。

今でも「この成績じゃ卒業できない！」と思っている夢をみる。

大学時代（1987／昭和62年4月〜：19歳）
専修大学経営学部経営学科。小論文入試で現役合格したものの、簿記とかに全然ついていけなくなり、講義にはだんだん出なくなってしまった。サークル「文学研究会」が秋の学園祭で尾辻克彦＝赤瀬川原平の講演会を企画することになり、タテカンをほぼ一人でつくったり、小冊子の表紙デザインをしたり、1年生なのに熱心に活動。当時刊行されていた尾辻克彦＝赤瀬川原平の著作は、国会図書館も利用して網羅的に読んだ。

それだけの大学時代だった。文研の先輩に、のちに小説家デビューした上野歩と藤原京がいて、両者の著作に枡野の名前が出てきます。

予備校時代（1987〜1989／昭和62年〜平成元年：19歳〜20歳）
再受験するも失敗。池袋にある「駿優予備校」へ1年間通う。

小論文の授業では、最高評価だったり最低評価だったり。どちらにしても自作はコピーされ教材につかわれた。駿優水戸校からファンレターも届いた。

勉強は一応していたが、現実逃避で詩や歌詞や短歌を方々に投稿していた。投稿した作品は、ほぼ全部活字になった。それと反比例するかのように、再々受験では高望みしすぎて玉砕。家族会議の末、働きに出ることに……。

2003年

2月17日　金紙＆銀紙の「金銀パールプレゼント！」ｗｅｂ連載4

3月5日　金紙＆銀紙の「金銀パールプレゼント！」ｗｅｂ連載5

4月　映像版・松活妄想撮影所『まぶだちの女』（主演：奥菜恵）撮影。（放映は2003年5月19日）奥菜恵を金紙＆銀紙のあいだに挟んで記念写真を撮影。以後、幾多の著名人が真ん中に挟まれる。

6月1日　金紙＆銀紙の「金銀パールプレゼント！」ｗｅｂ連載6

6月20日　TBS「いのちの響」放映。枡野浩一個人の短いテレビ出演に、金紙＆銀紙の登場シーンを無理矢理いれてもらう。

8月21日　金紙＆銀紙の「金銀パールプレゼント！」ｗｅｂ連載7　ゆるいペースだが、松尾部の中では、井口昇連載と並び、最も頻繁に更新していたほうである。

2004年

1月　『恋の門』（監督：松尾スズキ）撮影（公開は2004年10月）。ダンスシーン、大騒ぎで練習したあげく金紙が失敗、ほんの一瞬しか採用されなかった。松田龍平、酒井若菜らが金紙＆銀紙のあいだに挟まれる。なお、銀紙は漫画指導・手タレとしても参加。金紙＆銀紙は映画パンフで対談もした。

る。健康、大人計画、パラノイア百貨店、などの劇団を知る。で、自分も関わりたくなってホラー劇団だったパラノイア百貨店の手伝いを在学中から始める。

卒業して、しばらくは舞台関係のアルバイトをしながら、パラノイア百貨店に関わるが、解散になってしまう。時期を同じくして、大学の先輩からイラストの仕事を貰って、「熱帯魚の飼いかた」のイラストを描くが、描いた絵が著者の気に食わず、本は出たのに2刷からイラストだけ全部別の人のに差し替え、という憂き目に遭う。2刷のその本見たら、構図とかは俺のイラストそのまんまでキャラだけ可愛くしてあって腹が立った。

その他、知り合い関係でイラストの仕事とかをたまに受けるが、それだけでは食べられないので、いろんなバイトをする。あと、知り合いのつてで北品川の「六行会ホール」のロゴデザインをする。結構大きなホールで、なぜ自分のようなものに仕事が来たのか、いまだによくわからないが、そのロゴは現在もまだ使われている。

パラノイアに所属していた俳優、小浜正寛（現・ダンスユニットボクデス主催）らと、白塗り白衣で、踊りながら血糊や臓物を出す、というよくわからないユニットを結成し、大人計画のイベントに出る。（92年ごろ）宮藤官九郎の誘いで、彼がやっていた四天王というユニットのライブに出たりし、その流れで大人計画の宮藤演出の舞台に役者として出演する。その流れで、松尾スズキ作演出の本公演にも出る。

この頃出演した主な舞台
「心臓クラブ」DEEP（94）下北沢駅前劇場
「自慢★自慢」大人計画（94）下北沢駅前劇場
「カウントダウン」大人計画（95）吉祥寺バウスシアター

それはそれとして、漫画も描き、ガロや、他の出版社に持ち込んだりする。

95年、震災とオウムの年。パルコがやってた「ゴメスマンガグランプリ」に応募したら入賞し、しりあがり寿賞を受賞。その年の暮れ、辰

リクルート時代
（1989〜1991／平成元年〜平成3年：20歳〜23歳）

当時、アルバイト社員でも正社員と同じ仕事をさせてくれた広告代理店「リクルート」へ。面接の日に履歴書を忘れたにもかかわらず、なぜか採用されたのは、リクルート事件の直後だったせいかも。

スーツを着て朝から晩まで働いた。その合間に広告学校とか宣伝会議コピーライター養成講座に通った。ものすごくつかえないバイトだった。1年まじめに続けて「やめたい」と申し出たら、2年目からは文章を書く仕事をさせてもらい、少しだけ自尊心を取り戻した。が、先輩コピーライターの独立によって居場所がなくなり退社。

このとき知り合ったリクルートの正社員、こじまさきが後に「BD」というミニコミを創刊。そこに寄稿を頼まれたことがきっかけで、ライターへの道がひらけていく。

失業〜音楽ライター時代（1991〜／平成3年〜：23歳）

その頃小平市の実家を出て、文京区千石の風呂なしアパートで一人暮らしをしていた。

失業保険をもらっていたが、すぐに生活が苦しくなり、クレジットカードで借金をつくる。この借金は数年かけて完済したが、のちに離婚訴訟を起こされたとき、向こうの弁護士に問題視された。

リクルート時代に好きになったカステラ、Theピーズ、真心ブラザーズのことを失業生活の中で文章にまとめ、「R&Rニューズメーカー」で佐伯明がやっていた文章投稿コーナーに送る。それが編集部の目にとまり、日本一音楽に詳しくない音楽ライターに……。初仕事は真心ブラザーズのライブレポート。

広告会社時代

音楽ライターで食えず、カードの借金が増えて困窮していたある日、リクルート時代に通っていた宣伝会議コピーライター養成講座の先生

3月20日　金紙&銀紙の「金銀パールプレゼント!」web連載8

8月　サンボマスターの「月に咲く花のようになるの」プロモーションビデオ〝恋の門バージョン〟を撮影。監督、大根仁。演出協力、松尾スズキ。金紙&銀紙は、カレイ&ヒラメ、高野豆腐&化粧パフなど瓜二つなものをそれぞれ持って、サンボマスターを惑わす役。

8月21日　金紙&銀紙の「金銀パールプレゼント!」web連載9　事実上の最終回。松尾部はその後惜しまれつつ解散し、別の松尾スズキ公式サイトがスタート。

☆「日曜日の名言」（毎日新聞／9月5日〜2005年3月27日）金紙&銀紙による初の連載。詳しくは本書167ページ参照。枡野浩一『あるきかたがただしくない』（朝日新聞社）も参照。

11月6日　早稲田大学の学園祭に出演。野外ステージにて。学生のつくった短歌に金紙&銀紙がコメント。銀紙の自作短歌が妙にうまくて金紙はショック。

11月21日　阿佐ヶ谷「よるのひるね」トークショー。4時間くらい話し続けた金紙は、話し足りなかったとの噂。

「anan」12月15日号『女が好きな女』に登場！　枡野浩一個人にきた依頼だったが、どさくさにまぎれて、金紙&銀紙でコメント。

巳出版の「ジャパンダ」と青林堂「ガロ」で同時デビュー。

それまでコンビニのバイトなどで糊口を凌いでいたが、96年頃から、ガロ編集部の紹介でしりあがりさんのアシスタントに行き、その後ずいぶん長い間、お世話になる。実は絵のアシスタントはあまりしておらず、アスキーテックウィンでのCD-ROM連載「さるやまハゲの助アワー」の構成・演出をしたり、文春漫画賞受賞作である「ゆるゆるオヤジ」などのネームのブレーンをやったり、安斎肇・なんきん・しりあがり寿の三氏で結成された劇団「NAS」の演出助手をしたりする。90年代後半はわりと舞台に出ていて、大人計画で共演していた俳優金子清文の誘いで、上杉清文のアングラ演劇にも出るようになる。あとなんか、俳優として、CFにも何本か出る。

この頃出演した主な舞台
「ファンキー！」大人計画（96）本多劇場
「ヒステリー　書斎のシド・ビシャス」グループ魂（96）草月ホール、北沢タウンホール
「愛の罰（再演）」大人計画（97）グローブ座
「ジェーン、他二本」NAS（97）下北沢ザ・スズナリ
「冥土の土産」NAS（98）下北沢 OFFOFF シアター
「風雲ピノキオ侍」演芸岬 NaturalGloumour（98）荻窪アールコリン

CF出演
JR東日本（96）、アデランス（97）、フマキラーサザン（98）、マイクロソフト（99）、シャープ液晶ビューカム（99）

1998年、初の個展「信貴山縁起絵巻」を渋谷アートワッズにて開催。

藤田秀幸監督の映画『グループ魂のでんきまむし』（99）に悪のフォークグループの役で出演。

フリー時代（2000〜／平成12年〜：30歳〜）

2000年、初の単行本「ブレーメン」（青林工藝舎）上梓。

（コピーライター）から電話。「枡野って、いま何してんの?」。そのまま形だけの入社試験を受け、広告会社の正社員に……。三●銀行の本社ビルの中で2年弱働いた。

しかしコピーライターとは名ばかりで、まったくつかえない社員でした。ボスは物凄い厳しかったけれど、会社の同僚は大人で面白い人ばかりだった。のちに自著の装幀をお願いすることになる、デザイナーの篠田直樹とも出会えた。

社外活動で、ミニコミ「BD」にエッセイを書いたり、休日だけ音楽ライターをやったりしていた。所属していたインチキ作詞事務所で書いた作詞作品がCDシングルA面に採用されることになり、「宝島30」で漫画評の連載が始まることになり、それを機に会社をやめてフリーライターに戻った。でもしばらくは全然食えませんでした。

ライター時代そして現在

「宝島30」では対談（石原慎太郎VS小林よしのりとか）の構成をしたりもした。「BD」のエッセイがきっかけで、「週刊SPA!」の「中森文化新聞」に寄稿。カルチャースタアとして、しばらく誌面に大々的に登場。「週刊SPA!」では日本語ラップ特集、ドラマ脚本家特集など、無署名的ライターの仕事をたくさんしました。角川春樹、阿久悠、ユーミンなどへのインタビューも。

赤田祐一編集長時代の「クイック・ジャパン」でも金色冬生インタビューなど、いろいろ書いていました。

1995年に角川短歌賞に応募した短歌50首が、選考委員5名中4名の票を集めたのに落選。そのことを中森文化新聞が大きく記事にしてくれて、短歌50首も全部載せてくれた。反響がわりと凄くて、「スコラ」「鳩よ!」他で連載も始まったし、NHK教育からNHK総合に出世したときの「ソリトン」という番組にも出演。のちの短歌集出版につながりました。短歌集は制作に凝りすぎてしまい、1997年にやっと刊行された。でも2色刷りのイラストつきで、2冊同時発売という豪華さ……。

2005年

1月　サンボマスターの最初の本『サンボマスター マスターブック』（メディアファクトリー）に文&絵を寄稿。金紙が文、銀紙が絵。FAXで編集部に送ったメッセージをそのまんま印刷する、というスタイル。

2月20日　紀伊國屋書店新宿南店トーク&サイン会。客が少なく、「人通りの少ない特設会場だったせいだろう」と自分たちをなぐさめる。が、リリー・フランキーさんが同じ場所でやったサイン会には長蛇の列が……。

3月12日・13日　Loft plus one、NAKED Loft　啄木ライブ。枡野浩一が『かなしーおもちゃ』（インフォバーン）の販促のため短歌を歌うバンド「啄木」を結成。見るに見かねた河井克夫がプロデュースする。

4月15日　Loft plus one　井口昇初単行本記念イベントでトーク。松尾部の連載で最初に単行本化された『恋の腹痛、見ちゃイヤ!イヤ!』（太田出版）を、金紙&銀紙で絶賛。

4月16日　河井克夫ひきいるバンド「アーバンギャルズ」のライブに金紙が乱入、音楽にのせて悲しい思い出話を披露。

4月22~27日　ウズベキスタン旅行。銀紙の引率でシルクロードの国を旅行。金紙は会えない子供のために土産を買ったりしてクヨクヨ。本書巻頭の写真参照。

松尾さんと漫画サンデーの連載も始まったりして、その頃から、なんとなく、漫画やイラストだけで食えるようになる。

2001年　松尾スズキとの共著「読んだはしからすぐ腐る!」（実業之日本社）上梓。

連載中、松尾さんとのユニット「チーム紅卍」結成。その後テレビブロス、ロッキングオンジャパンなどに活動の場を広げる。

この年の年末から翌年の正月にかけて、友人に誘われて初の海外旅行へ。韓国、中国新疆、カザフスタン、ウズベキスタンの4カ国を旅行。旧ソビエトの国に、はまるきっかけとなる。

2002年、松尾スズキホームページ「松尾部」がスタートし、そのために枡野と引き合わされる。

友人とロシア、ウラジオストクを旅行。

2003年　「女の生きかたシリーズ」（青林工藝舎）上梓。

発見の会公演　上杉清文作「独々逸イデオロギー」出演。

松尾さん夫妻らと、タイに旅行。

ロシア熱高まり、ロシア語4級取得

ロシア、ウラジオストクをふたたび旅行。こんどはひとりで。

2004年　2月、しりあがりさんにくっついてフランス旅行。

ひとりでロシア、モスクワとムルマンスクを旅行。

前述のしりあがりさんのCD-ROM連載「さるやまハゲの助アワー」では宮崎吐夢に協力してもらっていたのだが、その中での彼のネタ「ペリーのお願い」「バスト占いのうた」などがインターネットで評判になり、宮崎単体のメディアが、この頃いろいろ作られる。この中で河井は作画、助演出、音楽製作、出演など、いろいろやる。

「宮崎吐夢記念館」宮崎吐夢　MIDIレコーズ（04）

オカザキマリ（おかざき真里）の絵と組んだ短歌集『てのりくじら』『ドレミふぁんくしょんドロップ』（共に実業之日本社）は、少なく見積もっても70くらいのメディアで紹介され、それからは「歌人」として雑多な文章を書くようになった。朝日新聞で漫画評を連載したり。毎日新聞で言葉に関するコラムを連載したり。NHKテレビにもよく出るようになった。

最初は自ら「特殊歌人」と名のっていたのだけれど、長谷川和彦監督に「特殊なんてやめろ!」と言われ、ただの「歌人」になりました。

エッセイ集『君の鳥は歌を歌える』（マガジンハウス）と全曲作詞CD『枡野浩一プレゼンツ／君の鳥は歌を歌える』（東芝EMI）を同時に制作している頃、漫画家・南Q太（女性）との交際が本格的になり、2000年元日に入籍。同じ年の3月に長男が生まれる。

完全別居は2002年の秋。調停、離婚訴訟を経て、籍を抜いたのは2003年の夏。
短い結婚生活でした。

そのあとのことは記憶に新しすぎるし、著作にたくさん書いてしまったから、枡野浩一年譜は、このへんでおしまいとさせていただきます。ご静聴ありがとうございました。

これからの枡野浩一が幸せになりますように……。

「anan」5月18日号『女らしさの新定義』にコメント。このとき以来、ぱったり依頼が途絶えた。「anan」編集部の皆様、ぜひまた声かけてください!

「TV．Bros」6月25日号　シルクロード旅行記。銀紙を中心に、歌人の加藤千恵などが寄稿。漫画家のしりあがり寿を除いて寄稿者全員が金紙の奇矯な言動を話題にしており、さながら「枡野浩一特集」。

☆「ニセ双子ユニット金紙&銀紙の　サプリ・ソング」（「NEWS　MAKER」7月号～／ぴあ）本書168ページ参照。現在も「新サプリ・ソング」として継続中。

「小説現代」7月号　シルクロード旅行記「シルクロードでクヨクヨ」。金紙が文章や短歌を書き、銀紙が漫画を描いた。しりあがり寿も漫画を寄稿。

7月28日～8月9日　吉祥寺にじ画廊にて「ゴールド&シルバー」展開催。（本書169ページ参照）銀紙は全長2メートルの「枡野大仏」を製作。中にテープレコーダーが仕込んであり、スイッチを入れると本人の声で某歌人の悪口を言いだす、というギミックあり。

8月29日　金紙&銀紙、単行本のために吉祥寺で12時間ロング対談。金紙は話し足りなかったとの噂。

8月　『ユメ十夜　第六夜』（監督：松尾スズキ）撮影（公開は2007年予定）。金紙が太

「今夜で店じまい」宮崎吐夢　講談社（04
あと、松尾さんとのテレビブロス連載をまとめた「お婆ちゃん!それ偶然だろうけど、リーゼントになってるよ!」（実業之日本社）上梓。

松尾スズキ監督映画『恋の門』出演。劇中漫画と、あと松田龍平の手の吹き替えなども担当。

この年のROCK IN JAPANのDJブースにチーム紅卍として出演する。

時間を持たせられるか不安だったので、シークレットゲストとして枡野を連れて行くが、かといってなにかをするわけでもなく、シークレットすぎて客は無反応。その後ほうぼうで枡野が「ロックフェスでDJをした!」とか書いていて閉口する。

年末、発見の会公演「もうひとつの修羅～花田アングラ清輝」出演。

「日本の実話」（青林工藝舎）上梓。マガジンウォー（マガジンマガジン）に連載されていた実録漫画をまとめたものだったが、個々のストーリーの盛り上がらなさが逆にリアルだと、知識人層の評価を受ける。

2005年
ふたたびウズベキスタンと、みたびウラジオストクへ旅行。しりあがりさんの社員旅行でバリ島にも行く。3回とも枡野と一緒。枡野の「徹底的な、外国への興味のなさ」に驚愕する。

宮藤官九郎監督映画『真夜中の弥次さん喜多さん』出演。

マガジンウォーの付録DVDで、グラビアアイドル佐野夏芽、二宮歩美のPVを監督。

作曲は、一緒にバンド活動をしている鳥羽ジャングル、サイモンガー両氏にそれぞれ依頼。

ちなみにサイモンガーは中学の同級生。

って二人が似なくなってしまったためか、出番が少なかった。

「小説現代」9月号　シルクロード旅行記「バリでクヨクヨ」安永知澄が漫画を寄稿。このあと10月に金紙&銀紙など数名でロシア旅行もしたのだが、「小説現代」編集部が旅行記を依頼してくれたのは、このバリ旅行までだった。「小説現代」編集部のTさん、またお願いします！

10月1日　青山ブックセンター本店で金紙&銀紙がDJ。営業中の書店内に曲を流すという大変ユニークな試みだったが、金紙&銀紙を見にくる客は少なかった。

2006年

5月　花くまゆうさく監督の短編映画（2007年公開予定）に出演。

11月　『金紙&銀紙の　似ているだけじゃダメかしら？』（リトルモア）発売。この本です。

年末、「COUNT DOWN JAPAN 05-06」チーム紅卍でまたDJブース出演。今度は枡野抜きで。大変に盛り上がる。

2006年

「クリスチーナZ」（青林工藝舎）

松尾さんとの共著「ニャ夢ウェイ」（ロッキングオン）

宮崎吐夢との、ほとんど共著「今度も店じまい」（講談社）それぞれ上梓。

日本テレビ「太田光の私が総理大臣になったら…秘書田中。」のタイトルアニメなどのイラストを担当。

ハットリ座公演　天久聖一作「オスウーマン」

発見の会公演「革命的浪漫主義」に、それぞれ出演

文中、敬称いいかげん。

「金銀パールプレゼント！」を読む前に　枡野浩一（金紙）

おぼろげな記憶によれば、まだ基本的には音楽家だった頃のＫＥＲＡさんが自著で自作三コマ漫画を発表していて、たしかこんなふうな内容でした。

一　最初のコマ　「実験的手法としてコマの順番を入れ替えてみます」と書いてある。
二　途中のコマ　「あっ、死んでる……」と、つぶやく子供。そばには犬の屍骸。
三　最後のコマ　「わあ、犬だ！　わーい、わーい、これからは犬がぼくの友達だー!!　もう、ひとりぼっちじゃないぞー!!」と大喜びする子供。

……のちの演劇作品にも構造が通じているあの三コマ漫画が、私は大好きでした。

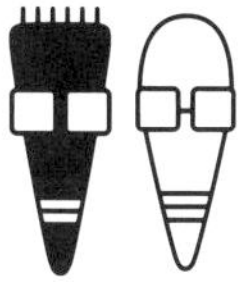

金銀パールプレゼント！

そんなわけで、２００２年７月から２００４年８月まで、松尾スズキ公式サイト「松尾部」で連載されていた「金銀パールプレゼント！」を読む前に、読者の皆様にお伝えしておきたいことがいくつかあります。心の片隅にでも小さくメモして、この先の対談をご笑覧ください。

・いしかわじゅんさんと岡田斗司夫さんは現在、金紙のマイミクシィ。
・ふかわりょうさんと金紙は、ＮＨＫのラジオ番組で何度か共演。金紙はその番組スタッフと絶交。
・切通理作『ポップカルチャー 若者の世紀』（廣済堂出版）に出てくる女性（松田アキさん）は一時期、金紙のアシスタントに。金紙＆銀紙ウズベキスタン旅行にも同行。
・谷田浩くんは会社を独立して服飾デザイナーに。金紙が出演したＣＭのスタイリングも担当。銀紙に連れられて金紙もロシア旅行へ。谷田浩くんも同行。
・「流行通信」で金紙と銀紙は同時期に別の連載をやった。銀紙の連載パートナーは谷田浩くん。
・古賀及子さんは納豆を一万回かきまぜたり、「デイリーポータルＺ」のライターとして活躍中。
・『漫画嫌い　＊枡野浩一の漫画評（朝日新聞１９９８〜２０００）』写真＝八二一（二見書房）は現在絶版。
・八二一さんは「はっちゃん」の写真で大ブレイク。人気にあやかりたくて、金紙＆銀紙の単行本の表紙にも、はっちゃんが登場。

第1回

「あたしたち、双子だけど血はつながってませーん!!」

（2002／7／19）

銀紙：ちょっと金紙！　前から言おう言おうと思ってたんだけど……あんたの顔、骨ばってんのよ！　どうにかなんないの？

金紙：うるさいわね！　「生まれつきならしょうがない」ってコトワザ、知らないの？

銀紙：昔、ってすっごい昔だけど、桂三枝がやせて骨ばってるのウリにしてて『ヤングおー！おー！』とかで「あっ小骨が刺さった」ってギャグがあったけど、あんたも小骨が刺さるクチだわね。

金紙：あんたこそ何、その細い目。ちゃんと見えてんの？　あたしの小骨、よく見えたわね。高橋しんの漫画『いいひと。』（小学館）の主人公みたいに目ぇ細いくせして性格は、わるいひと。最低の「わるいトコどり」じゃない！　あたしが親にテレビ禁止されて育ったってこと知ってて、わざとテレビの話題ふってるのね？　でも『ヤングおー！おー！』が昔の番組だってことぐらい、ちゃんとわかるんだから!!　バカにしないで。あんたも口に小骨、刺さっちゃえばいいのよ、少しはおだまり。

銀紙：あたしだって『ヤングおー！おー！』リアルタイムで見てたほどの年じゃないわよ。昔つきあってたオトコに聞いたハ・ナ・シ。ねえ、漫画っていえばさあ、『ユキポンのお仕事』（講談社）って読んでる？　猫がアルバイトして飼い主養う話。友達の女王様やってるコが「これSM漫画よ！」って貸してくれたんだけど。あたし一応漫画家だすぃ、ほかの人の漫画読むと疲れるからあんまり読まないんだけど、コレ面白かったわ。

「やっぱSMよねー」

金紙：ユキポン？　記憶にないわね。うち、つれあいが男くさい名前の漫画家だから、ありとあらゆる漫画雑誌が各社から送られてくるんだけど、どこで連載してるやつ？

銀紙：ヤンマガ。

金紙：ああ、アレね！　思いだしたわ。「ヤングマガジン」は珍しく自分で買ってるんだけど……ユキポン描いてる漫画家って東和広（あずま・かずひろ）？　絵だけ見て「吉田戦車の亜流かしら」って思っちゃって、今までじっくり読んだことなかったのよ。これからは読んでみるわね。

銀紙：完全に擬人化されてて人間と喋るのよ。主人公のユキポン以外の猫は普通ににゃーにゃー言ってるんだけど。ユキポンは普通に現場でバイトとかしてるのにアイデンティティはあくまで家畜。要するに、人間社会において一番低い身分ってこと。描いてる人は別にそんなテーマ持ってやってないと思うんだけど、なんかスリリングな気がするわー。

金紙：たまたま「かずひろ」つながりなんだけど、あたしがスリリングだと思うSM漫画は内田かずひろの『シロと歩けば』（竹書房）ね。『ほのぼの4コマ漫画』のふりして、絶対これってSMだと思う。飼い主をあくまで慕う犬と、その気持ちも知らず犬を犬のように扱う飼い主。インテリな言葉でいうと「コミュニケーション不全」ってやつね。あの『ロダンのココロ』（朝日新聞社）を含めて、内田かずひろの漫画って、みんなコミュニケーション不全がテーマだと思うわ。そのへんのことはあたしの本『漫画嫌い』（二見書房）にも書いたから、読んでね！

銀紙：内田かずひろの漫画、あたし嫌いじゃないけど、なんか世界観がほのぼのでパッケージングされ過ぎてて、あんまり興味持てないのよねー。

金紙：内田かずひろのパッケージングに騙されないで！　ずいぶん前に連載終わったのになぜか単行本になってない『ぷるぷるジェリーちゃん』なんて、主人公の室内犬が自分の可愛さをしっかり自覚して、自分に都合の悪いことが起こるたびに体をぷるぷる震わせて飼い主の同情を買うって話なのよ！　それで結局、人間どもを自分の思うようにあやつってんの。「たれぱんだ」をデザインした人が二匹目のどじょう狙いで「ぶるぶるどっぐ」とかいうキャラクター出したけど、あれって内田かずひろのパクリ……いや、内田かずひろへのオマージュなんじゃないかしらって疑ってるのよ。

銀紙：ちょっと待って！　なんであたしたちここで漫画評論みたいなことしてるのよ！　あんたフダン文章仕事だからいいけど、あたし漫画家よ、すっごいリスキーじゃない！　いしかわじゅんみたいになりたくないわよ!!

「いしかわじゅんでオナニー!?」

金紙：素敵じゃない、いしかわじゅん!!　彼が最近出したエッセイ集『秘密の手帖』（角川書店）、面白かったわよ。山田詠美がまだ「漫画家・山田双葉」だった頃に貸した金が返ってこなかった話とか、新井素子がパーティで着てた服に「葬式の風呂敷みたいだぞ」って言ったら嫌われた話とか……。とにかく正直で口が悪くて、いろんな人に嫌われていくの。あたしは正直な人、大好きよ。でも自分のこと悪く書かれたら、やっぱり大嫌いになりそうだから、親しくならないほうが賢明かしら。

銀紙：知り合いなの？

金紙：ううん、二度くらいお目にかかったことがあるだけなんだけど。前にNHK・BSの『マンガ夜話』で岡田斗司夫が、「さすがのいしかわじゅんも萩尾望都先生の前では漫画の絵に関して偉そうなこと言えない」みたいな文脈の発言したら、「俺は自分が萩尾さんより劣ってるとは全然思わない」って切り返してるの見たことあるの。天下の萩尾望都を前にして、なかなかあそこまで堂々とできる漫画家っていないと思う。あたしたちも、もっと自信を持ちましょうよ！　銀紙の描く漫画、はっきり言って好きよ。こっちがほめたからってあたしの短歌のこと、とってつけたようにほめなくってもよくってよ!!　でもまあ銀紙は漫画家なんだから、漫画のことを話題にするときは気をつけたほうがいいわね。だってこの『金銀パールプレゼント！』は、あたしたちの未来を盛り上げるために始める連載なんですもの。お互いの首をしめてもしょうがないわよ。

銀紙：そうね、あたしもそう思うわ。いしかわじゅんも、漫画は、あたし好きだし。

金紙：あたしのゲイ友達がね、いしかわじゃんが上半身ヌードで出てた車のCMをビデオ録画して、オナニーしたんですって！　なかなかいないわよ、「作品」じゃなくて、「作者の肉体」をおかずにされてる漫画家！

銀紙：あのCM、最初は●●●●●●のところに話が来てたらしいわよ。出来たCM見て「ことわってよかったー」って言ってたの聞いたわ。アッこれ内緒ね！

金紙：あら、そうだったの!?　●●●●●●は大好きな漫画家だけど、あの人の上半身裸はちょっと……。あたしのゲイ友達にとっても、彼がことわってくれて正解だったと思う！　そういえば昔ね、朝日新聞夕刊で漫画のクロスレビューを担当してたとき、いしかわじゅんの相撲漫画『薔薇の木に薔薇の花咲く』（扶桑社文庫）が取り上げられたのね。つまり、あたしでない別の評論家の「おすすめ作品」ってことで。そのとき「残念ながら波長が合わず、一回も笑わずに読了しました」とかって正直に書いてしまったこと、今も悔やんでるの。だって相撲なんか全然興味ないんだから、仕方ないわよねー。ある事情があって、その回を最後に朝日新聞のレギュラーを自分からおりたんだけど、おりた理由は「産休」ってことにしてあるのよ。これ以上しゃべると余計なこと言っちゃいそうだわ。あたし、ほかの仕事の十倍くらいの原稿料くれてた朝日新聞にはとっても感謝してるの。あれ以来、ぱったり仕事の話が来なくなったことも、ほとんど気にしてないわ！　でも、いしかわじゅんの相撲漫画のことは今も気にしてるの。男のハダカ満載の漫画のタイトルに薔薇が入ってるのって、もしかしたら薔薇族と関係あったのかしら、って……。

銀紙：ねえ、いしかわじゅんもそうだけど、眼鏡クチヒゲの男でなんか信用できないタイプっていない？

金紙：いるわよね、眼鏡クチヒゲ男。あたしたちとかね！

銀紙：あたしたちはいいのよ！　そうじゃなくて、ホラ、元気だったときの田代まさしみたいなタイプ！　なんか妙な自信に溢れてる感じっていうか、眼鏡で知性を演出しつつ、「週末はテニスかゴルフで仕事を忘れるんですよ」ってヒゲで説明されてる感じっていうか、弘兼憲史っていうか、ちょっとちがうけど江川達也っていうか。あらやだ、またあたしほかの漫画家の、しかも売れてる人のこと言ってる！　チャックチャック！

金紙：あたしたちも、もっとヒゲや休日の充実を強調する売れっ子になって、豪華な一軒家を建てて見せびらかしたいものね。せめて『ロダンのココロ』くらいのヒット、出したいじゃない？　日本漫画家協会賞・新人賞受賞の『ユキポンのお仕事』みたいに、権威あるんだかないんだか知らない賞とるっていうのも、うらやましいわー。やっぱ、犬とか猫とか可愛いものをネタにしないとダメなのかしら。

「さよなら、男だった日々！」

銀紙：犬はダメよ！　これからは猫よ！　松尾ちゃんも猫飼いだしたらしいし。あーあ、あたしも猫飼いたいなー。男とか女とか、もう、こりごり！

金紙：あたしたち、きっと男でいることに疲れちゃったのよね……。だれかも言ってたけど、みんながおかまになれば世界は平和だと思うわ。最初から男も女も全員おかまなら、スポーツ選手が途中で女になったり男になったりしないで済んで便利だし。

銀紙：あたしこないだ、ロシア行ってきたんだけどロシアって離婚率50%なんですって。で、再婚も多いんだって。ホラあそこ寒いからセックス以外に娯楽ないじゃない？　だからハタチくらいでみんな結婚して、それですぐ嫌になって離婚して、またセックスしたくなって結婚すんじゃないの？　いいわー、これって一種の自由恋愛じゃない？　あっ、ごめん、今あんた家庭を追い出されそうになってんのよね？

金紙：そうなの。最近、平日は仕事場で一人暮らししてるのよ。金曜の夜から日曜にかけては家族と楽しく過ごしてるんだけど、あたし家庭からリストラされかかってるみたい。父親なんて今、家庭の中に居場所ないのよね。マジで2歳の息子はあたしのこと「ママ！」って呼ぶし……。つれあいが岡田斗司夫の『フロン』（海拓舎）なんて本を読みはじめた頃から、あやしいとは思ってたわ。あたしもあの本、慌てて読んでみたんだけど、けっこう説得力あるのよ。結婚して子育てしてる夫婦が、どうして苦しくなってしまうのか、その理由が書いてあるんだけど。

銀紙：あたしも去年くらいから結婚願望が高まってたんだけど、あんたのその話聞いて今、熱さめたわ。だいじょうぶ！　気にしない、気にしない、そのうちなんかいいことあるわよ、ロト6で当たるとか。

金紙：『フロン』は結婚してないおかまも読むべき本よ！　一応は女性向けに書かれてるんだけど、男が読んでも発見が多いと思うわ。結婚してる人もしてない人も、早く読んでおいたほうが身のためよ。恋人と今うまくいってるあなたはその男と結婚するな、って書いてあるの。結婚して夫婦ふたりきりでうまくいってるあなたは、子供をつくるな、って。子供をつくるなら女一人で育てられるか考えてからつくれ、って。こんなふうに、あらすじだけ話すと「暴論」に聞こえるけど、じっくり読むと説得力ある「もっともな暴論」なのよ。結婚すると幸せじゃなくなる現代日本のシステムが、この本を読むとよくわかるはず。それがわかるだけでもずいぶん楽になると思うの。岡田斗司夫が身をもって実践してる「夫が家庭からリストラされる」っていう改善策に、納得するかどうかは別として……。女も男のように複数のパートナーをつかいわけるべき時代だ、って岡田斗司夫は言うんだけど、そんなこと可能なのかしら？

銀紙：「複数のパートナー」ねえ……。ロシアほどじゃないけど北海道って寒いでしょ、だからみんなセックスしてるらしいわよ。エロ本の編集者に聞いたんだけど、よくエロ本の投稿モノで自分らのセックス撮って送ってくるやつあるじゃない、あれって圧倒的に北海道が多いんだって！　寒いってパワーよね。あたしも冬になったらいっぱいセックスしてやるんだから！　今は夏バテでダメだけど。

金紙：岡田斗司夫は、おすぎから「岡田さんもオカマになりなさいっ！」って言われて、女の気持ちを理解するために「おかまエンジン」を搭載してみた、って書いてるんだけど、そうよ、男も女も時々おかまになればいいのよ！　おなべだっておかまになるべきよ、おかまだってもっともっとおかまになればいいんだわ!!

銀紙：ロシアはいいわよー。女の子はみんなきれいなのに男は総じてやさぐれてるし。食べ物は別にとりたてておいしいものないし、町中なんだかいろいろくたびれちゃってるし、治安は悪いし、飛行機は落ちるし、でまたロシア語は必要以上に複雑だし。これも寒いからウチん中でずっとくっちゃべってたら変な進化の仕方をしていったのね、きっと。知らないけど。で、こんな悪いとこばっかり並べて嫌な国みたいじゃない？　でもこういう理屈っぽいくせにズサンなところってまるで……あたしたちみたいじゃない！　だからいるとすごく楽なの。住みたいとは全然思わないけどまた行きたいわー。

金紙：あたしは愛する家族のいる徒歩15分の自宅に、また行きたいわー。あーあ。きょうは口に小骨がひっかかってて痛くてあんまりしゃべれなかったけど、けっこう好き勝手なこと言ってるわよねー。ま、こんなあたしたちの言ってることなんて、いちいちマジメに受けとめる人いないだろうけど、もし文句あったら、おかま言葉でかかってらっしゃい！

銀紙：それにしても、あたしたちって、

金紙：ホント、

金紙&銀紙：似てるわよねえー。

つづく

第2回「あたしたち、グラビアデビュー、しました!!」（2002／8／29）

(たぶん)月イチ連載!!

松活妄想撮影所

肉親の女

(ちなみに"松活"とは松尾スズキ活動写真の略である。念のため)

柴咲コウ主演。片桐はいりが脇を固め、
謎の双子もなぜか固める。
妹が女に見えるとき、思わず生じる心の揺れ。
兄が妹を、弟も妹を。
松尾スズキ描く、真夏の夜のちょっとしたタブー

✉ やっとパソコン買ったんで練習がてらっていうとあれだけど、中野にあやまることいっぱいあるかもしれないんで手紙だと手が痛くなりそうだしメールなぞしてみます。中野があたしとお兄ちゃんたちを撮ってくれた鳥居の前の写真も添付してみます。うまく送れなかったらスマンということで。あの時は突然呼び出してごめんね。中野、せっかくバイトの面接行ってたのに。でも、マジであたし、葬式とかに顔出すの初めてだったし、親戚っていってもほとんど知らない人ばっかで助かった。父親のことも記憶にあんましなくてリアリティないっていうか。でも、ホントびっくりした。あたしさ、自分のお兄ちゃんってずっと一人だと思ってたんだよね。

配役
辻キリコ：柴咲コウ
辻金紙：枡野浩一
辻銀紙：河井克夫
母：片桐はいり
中野：松尾スズキ
親戚連中：松活金目教

スタッフ
キャメラ：大橋　仁
衣裳：三田恵理子
ヘアメーク：大和田一美
監督・脚本：松尾スズキ

11

週刊SPA!（扶桑社）　2002年8月27日号
松尾スズキ氏の連載「松活妄想撮影所」より
撮影：大橋 仁

ロケバスの中、金紙は喋りたおした
イラスト・銀紙

金紙：ついにあたしたちもグラビアデビューねー。撮影済んでから「SPA!」（8/27日号）に掲載されるまで、けっこうタイムラグあったから待ち遠しかった！

銀紙：あたし、嬉しくて「SPA!」2冊も買っちゃったわ。1冊は自分で見まくる用。もう1冊は人に見せまくる用。編集部から送ってもらったやつは、袋から出さないで神棚に奉納。でも、あたしんち神棚ないから本棚のいちばん上に置いてあるだけだけど。

金紙：そういえば「SPA!」の撮影直後に出たヤンマガ、柴咲コウちゃんの出てたやつ読んだ？ インタビューでコウちゃんたら、「私、結構しゃべる方だから」って言ってたわ！ じゃあ何？ あの「SPA!」撮影の日のコウちゃんにとって、あたしたちの存在は何だったの?? 理想の男性のタイプは「あんまりしゃべんない人」!?「あんまり自分の事ベラベラしゃべる人好きじゃないです」ですって……。少しでも打ちとけようと思って、「『バトル・ロワイアル』の原作書いた高見ちゃんとあたし、まぶだちなの」とか、「漫画わりと好きなんでしょ？ あたしのつれあいって漫画家なのよ」とかベラベラしゃべってたあたしの立場は？ 柴咲コウって芸名のルーツが、かわかみじゅんこの漫画だって聞いて、「かわかみじゅんことも知り合いなのよ」とか、なにかと話をふってみたのよ、あたし……。

銀紙：あんたスゴクしゃべってたわよねー、で、ことごとくテキトーに返されてたわよねー。あたし、あーいう怖い顔の女ってスキだから、何とか話題つくって話しかけようと思ってたけど、あんたがあんまりしゃべってたからバランスとるために黙っちゃったわ。だって同じ顔したふたりから、やれ、歌人だとか、漫画家だとか、でも平日は別居だとか、でも一方は独身貴族だとか、焼酎貴族だとか、バトル・ロワイアルだとか、トライアングルだとか、いろいろ複雑な情報伝えられたら、コウちゃんとっちらかってファンデーションもつかっちゃうってのよ。

金紙：あたしねー、コウちゃんと会う前、いろいろシミュレーションしてたのよ。たとえばあたしがね、「じつはバトロワの原作って、あたしのおかげで世に出たの。原作者の高見広春からはお礼に花束もらったのよ。今もバトロワの漫画本、出るたびに送ってもらってるんだから！」ってさりげなーく言うでしょ？ そしたらコウちゃんが「ほんとですか？ すごーい!!」って、大きな目をさらに大きくして、あたしの手をにぎるの。そのとき勢い余って、あたしの手が、コウちゃんのファンデーションつかってない白いほっぺに「あっ」と触れてしまう……。ね、普通そういうふうになると、当然思うじゃない？ だけど、ちーっとも反応なかったわねー。ウソだと思ったのかしら？

銀紙：「ほんとですか？ すごーい!!」ってなるには複雑すぎるでしょ！「俺、井川遥の友達の弟と、友達なんだ」みたいなもんじゃないの！

「井川遥の写真集、あれ何？」

金紙：ちがうわよ!! 高見ちゃんとあたしはマジ、まぶだちなの！ 単行本の最後のページにあたしの名前も出てくるんだから。太田出版にはお寿司おごってもらったし。そのへんのことはあたしの本『君の鳥は歌を歌える』（角川文庫）に、さりげなーく書いてあるから夜・露・死・苦！ この文庫本は解説を高見ちゃんが書いてくれたのよ!! あ、最近出たバトロワの文庫本（幻冬舎文庫）の解説にも、あたしの名前が出てくるんだけど、幻冬舎からお寿司のお誘いはまだかしら？ 今度はカニなんかもいいわね。週末しか会えない子供たちにも食わせてやりたいわ……。

銀紙：あんた、オカマなのに子供の話すんのやめなさいよ！　そういうのでまた複雑さが増すのよ！『クレイマー、クレイマー』のダスティン・ホフマンが急にトッツィーになったみたいな……。あ、井川遥っていえばさ、このあいだ、松尾ちゃんの事務所に遊びに行ったら、机のいちばん目につくところに新潮社から出た井川遥のムック『井川遥と申します。』が置いてあってさ、きいてもないのに「井川遥と対談してさあ」とか、さり気なく自慢されたのよ。

金紙：これからはあたしたちも自慢できるわよ、「こないだ柴咲コウと雑魚寝してさあ」って。きかれてもないのに、みんなに言ってまわりましょうよ。

銀紙：腹が立ったから本の上にわざとコーヒーこぼしてやったわ！　でもあの本、凝ってるのはいいとして、井川遥に水泳帽かぶせて水中眼鏡つけさせて水に潜らせたり、ほとんど本人でなくてもいいような写真も載ってたわよ。

金紙：「本人でないといけない」なんてこと、世の中にはないのよ、きっと。あたしたちの顔が取り替え可能であるようにね……。井川遥に井川麗（うらら）って双子の妹がいたとしたら、海に潜るのがうららちゃんでも、だれも困らないのよ。

銀紙：そういや、あんたもなんか、海に行ったらしいわねー。

金紙：日焼けした背中が痛いわー。もう真っ赤！　海なんて久々だったんで油断してて、日焼け止めとか全然ぬってなかったの。コウちゃんの言うことちゃんと聞いて、美白も考えるべきだったわ……。だけど3日たってもヒリヒリするってどういうこと？　トシだから新陳代謝が衰えてるの？　皮膚ガン直行？　なんだか顔はメラニン色素で黒々してきちゃうし、これじゃあ「金紙は黒いほう、銀紙は白いほう」ってすぐ区別ついて、つまんないじゃない！

銀紙：黒金紙、白銀紙……。赤巻紙黄巻紙みたいね。

金紙：あんたも部屋で仕事ばっかしてないで、紫外線浴びなさいよ！

「お肌は大切にね！」

銀紙：浴びてるわよ！　仕事の合間にベランダに出て日光浴とかもしてるわ。でも、いくら焼いても、肌は白いままで、乳首だけがどんどん黒くなっていくの。あたしも病気かしら……？　あ、美白っていえばさ、ドモホルンリンクルってあるじゃない。昔、あれのコマーシャルでドモホルンリンクルがずっと抽出されてくのを見守ってる人のやつ知らない？　要するに時間かけてつくってるって言いたいCMなんだけどさ、あの見守る係の人にあたし、憧れてたわー。見てりゃいいんでしょ？　よっぽど再春館製薬に就職できたらって思ってたわ。あと美白と関係ないけど、こないだ動物園行ったらハクビシンってのがいたわよ。イタチの仲間。かーわいーの。

金紙：再春館製薬でも上野動物園でも、勝手に就職すればいいのよ！　今からでも遅くないわよ。だけど銀紙、あんた体力ないくせして仕事のしすぎじゃない？　あたし大昔、「クイック・ジャパン」創刊したばかりの赤田編集長（当時）にライター仕事のファイル見てもらったら、「こういう単発の仕事ばっかりしてると、10年なんてあっというまだよ……」って遠い目で言われて、とっても怖かったのよ。で、そのときから、これからはちゃんと単行本になるような仕事をしていこうって誓ったの。

銀紙：ほっといてちょうだいよ！　言われなくったってわかってるわよ！　でもね、あんたも自由業ならわかると思うけど、電話してきた編集者に「この企画はぜひ河井さんに」とか優しい声で言われると、「ひょっとして、この人ならあたしのホントの魅力をわかってるかもしれない」とかって思って、どんな切ない仕事だとわかってても、つい受けちゃうのよ。嫌ね、言い寄ってくるオンナには、あ、オトコにもね……、あれこれ文句言って鼻も引っかけないあたしも、仕事がらみで口説かれると弱いの。でもこれって単にオカネに弱いだけなのかしら。

金紙：そうよねえ、気持ちはわかるわー。ほんとは●●●●に断わられた仕事が、あんたにまわってきてるだけかもしれなくても、やっぱり引き受けちゃうわよねー。うちなんかね、あたしのことにはちっとも興味なくて、つれあい（南Q太）と連絡とりたいって人から、よく電話かかってくるの。失礼しちゃうわ！　たまには、あたしと連絡とりたいって人が、Q太のほうに電話してくればいいのよ。これからは「出なおしてらっしゃい!!」って怒鳴って電話切ってやろうかしら。「今、プチ別居してるの」って、道に倒れてQ太の名を呼びつづけながら泣きつづけてやろうかしら。

銀紙：ねえゼンッゼン関係ないけど青空球児・好児っていたじゃない。ゲロゲーロゲロゲーロ、って、漫才の。あんたんとこもQ太と浩一だから似てるわよね。弟子入りしたら？　ズサンなコメントでなんだけど。

金紙：ほんっとズサン！　だけど弟子入りしたい夜だってあるわ。こうなったらQ太の弟子でもいいの。単行本、どうしたら発売半月後に増刷かかるようになるのか、おしえて……。今あたし、毎日新聞で3年やってた連載コラム、単行本にするために加筆してるんだけど、なんか自分の進歩のなさにうんざり。あたしって、結婚したりプチ別居したりしながら、この3年間いったい何してたのかしら……。まあ成長したなと思えることなんて、インターネットにひととおり飽きて、検索エンジンで「自分探し」をしなくなったことくらいだわ！

「鉄拳、覚えてらっしゃい！」

銀紙：単行本ていえば、鉄拳の作品集『こんな○○は×

×だ！』（扶桑社）って読んだ？

金紙：うっかり読んだわよ、はからずも。

銀紙：あの人、テレビとかでネタとして見てたときは「メイクつくり過ぎじゃないの」くらいにしか思わなくてそんな気にしなかったんだけど、本にまとまって、本人のキャラ抜きで見たら、絵がすごくうまいのよ。

金紙：えーっ、あれって、うまいの!?

銀紙：私、ガロ出身で、一応、ヘタウマ村の住人を標榜してるから、他人のヘタウマにはうるさいんだけど、線とか、構図とか、色とか、いいの。なんか。

金紙：じゃあ、似たような紙芝居やってる人たちで「いつもここから」っているじゃない？　あれは？

銀紙：まー、あれも悪くないんだけど、あの人たちの絵はね、なんか「うまく描こう」っていう意識が見えるのよ。「絵として完成させよう」って。ていうか、あたしとかもそうだけど、人に見せようとするとどうしてもそういうふうになっちゃうのよね。それはわかるの。でも鉄拳のは、ネタを絵にするっていうところだけで完結してる感じが、必要にして充分っていうか、メッセージだけがダイレクトに伝わるっていうか、イヤミがない感じするのよねー。

金紙：充分イヤミあるわよ！　まえに326と秋吉久美子が司会するＮＨＫ・ＢＳ2の『新・真夜中の王国』って番組に出たんだけど、ゲストがあたしなのに鉄拳がやたらと話に割り込んできて、ほんと、ぐんにゃり。本人は気が弱そうないいひと。って感じだったから、きっとプ

ロデューサーとかの指示だったんだろうけど……。視聴者から短歌も大募集したのに、それを紹介する時間もなくなるくらい鉄拳がしゃべってて、彼の紙芝居はわるくないと思ったけど、あたしの短歌も彼の紙芝居も、どっちもハンパにしか放映されなくて。なんか「枡野浩一の短歌だけだと番組がもたないだろうから、鉄拳に番組ジャックさせよう」って判断されたみたいな気がして悲しかったわ。もちろんプロデューサーを含めて、その場のだれもが番組を面白くしようと苦心してたはずなのに、結果がそんなふうになっちゃったことが悲しかったのよ。自分の力不足にもがっかりしたし……。だけど生放送だったし、最後に一言求められたから、ついつい「こんど番組に出るときは鉄拳さんがいないといいと思いました」って、はっきり言っちゃった。音声、消されてるかと思ったけど、ちゃんと流れたみたい。鉄拳ファンからも、あたしの数少ない支持者からも、番組宛にクレーム殺到したそうよ。

銀紙：……あんたの話って、私怨が多いわねー。

金紙：そうよ、あたしずっと忘れないわ、鉄拳のこと。人々がみんな、あなたを忘れても……憎んでて、覚えてる。今では痛みだけが真心のシルエット。あたしさあ、紙芝居だったら松尾ちゃんがある芝居の中で披露した「水滴」が主役のやつとかのほうが、絵もうまいし圧倒的に可笑しかったと思うの。

銀紙：ああ、なんかあったわね。水滴がどんどんアップになってくやつ。でも松尾ちゃん『ゲームの達人』ってシドニー・シェルダンの小説のタイトル、パクってるから、あれもきっと『家出のドリッピー』のパクリよ。あ、これ言ったら、あたしがこっそり「イングリッシュ・アドベンチャー」やってたことバレちゃう！

金紙：そんなのバレたって大したことないわ。あたしなんか5万か6万した「アイトレ」買って、毎晩寝る前に視力回復トレーニングやってたんだから！　誇大広告の詐欺だったってニュースをＮＨＫで観てショックを受けてるあたしに、つれあいは「ばっかじゃない？」ってクールに言い放ったのよ。小さなセッケン、カタカタ鳴った。あれがプチ別居の始まりだったの？　涙が頰を伝う前に話戻すけど、あたし、おおひなたごうの漫画とか「テレビブロス」で読むの好きなの。でもね、単行本が出ても買うのはたまになのよ。一度大笑いしても、二度目はなかなか笑えないものでしょ？　笑いって、酷よね……。いつもここからや鉄拳のネタも、テレビで観たときは可笑しかったのもあったのに、本で読むとちがった印象だった。でも、おおひなたごうみたいに雑誌に発表するより、いつもここからや鉄拳みたいにテレビで発表して一気に消費されたほうが、人気も出るし、お金にもなるの？

銀紙：オカネほしいわー。いくらあってもいいわー。ねえ、もしもよ、あたしがあんたに一億円あげるって言ったら、あたしのこと好きになってくれる？

金紙：テレビで一気に消費されても、ネタを集めて単行本つくれば、タレント本程度には売れるだろうし。あたしの短歌って、べつに笑いを目標地点にしてるわけじゃないけど、ほんとは彼らのネタと同じ土俵で勝負しなきゃ駄目なのかもしれないって思うこともあって、だけど自分はそんな土俵には全然あがってない気もして、そのへんの葛藤があるから彼らを見てると不安になるのかしら……。ああいうのって、おおひなたごうは漫画家で、鉄拳は「お笑いタレント」なんでしょ？　どこに境界線があるの？

「漫画家なの？　タレントなの？」

銀紙：あたしも漫画描くけど、芸人のようなもんよ。漫画以外の仕事多いし、合コンとか行くと、モテようとして必ずその場にいる女の子の似顔絵描くし。平成のマンガ太郎よ。あんた、テレビ見てなかったからマンガ太郎知らないでしょうけど。これ読んでる若い人たちはもっと知らないでしょうけど。漫☆画太郎じゃないわよ。ねえ、あんたＮＨＫに顔きくんでしょ。あたしに三波伸介の『減点パパ』み

金紙：たいな仕事くれないかしら。
　残念、遅かったみたいね。NHKはきっと、今をときめく鉄拳のほうを選ぶわ。あたしのことなんか、BSデジタル放送スタート後の「どーも君」のように、あっさり捨てる気なのよ。ま、あのあと結局、仕切りなおしみたいな感じで同じ『新・真夜中の王国』にゲスト出演させてもらったし、NHKって子供のころ親が見させてくれた唯一のテレビ局だから細胞レベルで親近感あるし、呼ばれたら喜んでまた出ちゃうと思うけどね……。そのとき、あたしの代わりに銀紙が出たら？　顔同じだし、バレないわよ。

銀紙：大丈夫かなー？　でもあたし受信料払ってないし……。

金紙：何よ嬉しそーに！　そういや、あたしも受信料払ってないわ。だって今住んでる仕事場、風呂なしトイレ共同の古ーいビルなんだけど、アンテナつないでもNHK映らないんだもん。民放は映るのに。『アリー・myラブ』の再放送、NHKで最近やってるのに画面ビリビリで全然見えないからツタヤでビデオ借りてるのよ、ほんと頭きちゃう！　ねえ、頭きちゃうといえば天久聖一とタナカカツキの『バカドリル』（扶桑社）のネタをそのまんまパクってテレビでやってた、ふかわりょうって覚えてる？　まえに自分の本『かんたん短歌の作り方』（筑摩書房）でも少し怒ったんだけど……。あれって、紙媒体ならではの表現を強引にテレビ展開した、はしりだと思うのよ。紙媒体のネタをテレビ展開するときって、演劇的要素が付加されるのよね。ふかわりょうの場合は、無表情で変なポーズしながら、「一言ネタ」つぶやいたり。鉄拳の場合はビジュアル系くずれのメイク。いつもここからは、BGMが大仰なクラシックだったり……。

銀紙：紙媒体だと、読者が多少なりとも能動的になってくれるけど、テレビだと、やっぱ派手なことして目ェひいてから勝負ってなってくるのよねー。でもそういう戦略って、逆にむしろ、漫画家のほうが考えることだと思うわ。漫画だと、音の表現をどうしても読者の感覚にゆだねないといけないでしょ？　イワモトケンチって漫画家やめて映画監督になった人がいたけど、あの人もそれが嫌で漫画やめたらしいわよ。っていう話を今していくとまた漫画論になってリスキーだからもうやめるけど。

金紙：イワモトケンチ！　あたし、あの人に顔そっくりって言われたわ、昔。

銀紙：……あたしも言われてた。

金紙：映画監督イワモトケンチ、改め「パール紙」としてユニット参加してもらいたいものね。あ、「SPA!」のグラビア見るまで知らなかったんだけど、あたしたちって名字は「辻」なの？　辻金紙。タレントのときは「つじ・きんがみ」、作家のときは「つじ・かねし」って読ませようかしら。愛がほしいわ。徒歩15分のおうちに帰りたい……。

銀紙：帰れば？「作家」はともかく、何よ「タレントのときは」って。タレントのつもり？

金紙：あっ、松尾ちゃんから電話だわ。もしもしー、聞こえてるわよ、松尾ちゃん。あ・た・し！　……えっ、金紙&銀紙にテレビ出演のオファー？　……来週オーディション!?

銀紙：何？　何の話なの??

金紙：というわけで、この続きは来月。それにしても、あたしたちって、

銀紙：ホント、

金紙&銀紙：似てるわよねぇー。

つづく

第3回「あたしたちの、テレビ出演は夢と消えたわ！」

（2002／11／23）

金紙：ちょっと銀紙！　あたしたちオーディション落ちたの？　やるだけのことはやったし、「落ちても悔いなし」と思ってたけど、やっぱ大ショック……。あんなに審査員にウケてたんだし、絶対うかると思ってた。だってオーディションの日、あの長坂ちゃん（大人計画の代表取締役）が金紙&銀紙のマネージャーとして付き添ってくれるって話まであったのよ。だけど長坂ちゃんが急用で来られなくなって、あたしたち、「来られなかった長坂ちゃんのぶんまでガンバロウ！」って励まし合ってイロイロやったのに……。あーあ、きょうはもう仕事もしたくないわ。酒のめない私は何でうさをはらせばいいの？鶴見済と親友だったらよかったのにと思うのはこんなときね。セックスする相手もいない雨の午後。るるるる……。昼飯を食べにいくのも億劫よ。このまま飢え死にしたら、泣いてくれる人ってひとりでもいるのかしら。

銀紙：がっかりね、ああ……。あたしはCM仕事とかやってて、オーディションにはいくつも落ちた経験があるけど、失恋と同じでやっぱり慣れないものね……。きょうの午前中に落ちたっていう連絡もらってからずっと、胸がいっぱいで、何ものどを通らなくて、つい、お昼はウドンですませちゃったわ。でもじつはきのうもウドンですませちゃったの！　ていうかここ半年くらいずっとウドンしか食べてないの！　……ごめんなさい。あたしも動揺してるみたい。あたしのこと嫌いになった？

金紙：ならないわよ！　もともと好きじゃないもの。ただね、銀紙の目が細くて、手も細くて、エラが張ってて、頬がこけてて、鼻の存在感があって、肩幅の存在感がないところが、テレビ局の人に嫌われたのかしらと思うと、もう悔しくて悔しくて……。

銀紙：あんたも同じ顔よ！（間）あんたもよ！（間）あんたもよ！　……って約束だから、ことさらに3回もつっこんでみたわ。……させないでよ！

「もしや、あいつのせい……？」

金紙：ああ、憂鬱。鉄拳の『こんな○○は××だ！』なんか、発売1ヵ月で3刷になってるというのに。鉄拳とお友達になっておけばよかった……。あ、もしかして鉄拳が裏で手を回して、あたしたちを落とさせたのかしら？　だとしたら銀紙ごめん、あたしのせいだわ……（前回参照）。

銀紙：鉄拳の話も、もういいわよ！　あんたってホント、他人を妬ませたら人後に落ちない人ね。そいでもって、オーディションには落ちる人よ。って、あたしもよ！

金紙：あたし、会社の面接とかで落とされたことって生まれてから1度もなかったの。全部で3回しか受けてないんだけど。失恋……っていうか、ふられたことも1度もなかったのよ。自分から人を好きになったことが1度しかないからなんだけど。

銀紙：ふふん（鼻で笑っている）。人を好きになる才能がなくて、人を妬む才能だけに長けてるのよ。そういうオンナってあたし、たくさん見てきたけどね。でも、まあ、たまには「選ばれない立場」を楽しむのもいいんじゃないの？

金紙：いや！　あたしいやよ!!　いったい何がいけなかったの？　だいたい向こうからオファーの電話かけてきたくせして、どうして「オーディション」受けさせられてるのよ、あたしたち。当然それって「形ばかりの面接」で、あたしたちの番組出演は決定してるもんだと思うじゃない！

銀紙：別の業界のことだからよくわからないけど、まあ、そう思っても無理ないわよねえ。でも、もういいじゃない、済んだことなんだから。別の、もっと楽しいこと考えましょ。ホラー作家の岩井志麻子ってかまやつひろしに似てる、とか。

金紙：ねえねえ、そんなにあっさりあきらめないで、オーディションに関してクヨクヨ後悔しましょうよ。どうもあたしって、クヨクヨしてるときだけ「生きてる！」って実感わくみたい。

銀紙：それって一種の自傷行為ね、メンタルな。っていうかマゾよ。オカマでマゾってキャラクター、わかりやすくて好きよ、あたし。なんで、こういうキャッチーな人、落とすのかしら。

金紙：オーディションの夜について思いだしてみるわ……。あの日、「テレビ出たことある人、手をあげて」って言われたとき、手をあげた人は馬鹿をみたわけね。きっと、まだテレビに出たことないような初々しい新人が欲しかったんでしょ？　あたし馬鹿だから、NHKの『スタジオパークからこんにちは』で1年間レギュラーやってましたとか自慢げに話しちゃった。でも銀紙は、『タモリ倶楽部』に出たりしたことも言わないで、さすが、わ・る・い・ひ・と。あたしったら自分の本『ハッピーロンリーウォーリーソング』（角川文庫）とCD『枡野浩一プレゼンツ／君の鳥は歌を歌える』（東芝EMI）まで面接官に手渡してきちゃった。河井克夫特集号の「アックス」だって、あたしが用意しといて手渡したのよ！　逆効果だったのねー。あー、馬鹿馬鹿、あたしの馬鹿。

銀紙：あー。そんな感じよね、きっと。あたしたちのことにしたって、だいたい「SPA!」に載ってんの見て声かけてきたんでしょ？　その時点で少なくとも雑誌には載ってるんだから、ほんとに初々しいズブの新人なわけないじゃないのよ、ねえ。テレビの人ってスグ、そうやってラクしようとするから嫌いよ。でも、オーディションのときの金紙は、ちょっと初々しかったわよ。可愛いって思っちゃった。

金紙：銀紙こそ可愛かったわよ。最初は向こうが用意してきた原稿、あたしたちが声を合わせてユニゾンで読み上げたりしたのよね。そしたら面接官が、「ちょっとちがう読み方はできる?」とか言ってきて、銀紙が「僕、裏声、得意なんで……」って。突如として裏声で原稿を読みだしたときは、可愛くて笑いがとまらなかったわ。あのとき私が笑って原稿読めなくなっちゃったから落ちたの? だって銀紙にあんな特技があるなんて、双子なのに初めて知ったんですもの。

銀紙：じつはまだあるのよ、あなたに秘密でこっそり練習してることが。さあ、なーんだ? これが当たったら10万円あげちゃう!(読者のみんなには教えちゃう。答えは手品。金紙にはナイショね!)

「あたしたちの顔って……」

金紙：なんかさあ、「双子」っていうテーマでニュース原稿読むナレーター探してるんですって、番組制作会社の人が言ってなかった? オーディション会場にいた双子なんて、あたしたちだけだったわよねえ? でも長坂ちゃんが前もって制作会社の人に釘さしておいてくれたのか、あたしたちだけ「ちょっぴり特別待遇」って印象もあったけど。それにしても、あたしたち以外の参加者って、みんなとっても個性的で……なんていうのかしら、ちょっとテレビに映しちゃいけない顔っぽい人ばっかりじゃなかった? いったいどこから見つけてきたのかしらと思うような……。あたしたちの顔って、第三者から見たら、あのレベルなのかしら。ラーメンズの人も爆笑問題の人も似たような顔だから大丈夫、って自分に言い聞かせちゃったわ。

銀紙：あんたの恨み力って拡散していくのね。今、これ読んでるラーメンズのファンや爆笑問題のファンが、どんどんあたしたちのこと嫌いになってくのが目に見えるようよ。この連載、評判いいらしいんだけど、敵もどんどん増えていくわね。でも売れるってきっとそういうことよ、きっと。どんどん売れて、嫌われて、あたしたちを落とした連中を見返してやりましょうよ!

鈴紙：あたしの正直な憶測で言えば「ええ? ジャーマネつくのかよ?」ってことなのかな、って思うのね。「ちゃんとしてんの?」ってひいたんじゃないかしら。よーするに、ギャラ1万くらいの「バイト感覚」の見積もりだったのよ、きっと。でもね、全員落としたってことは、あ、知らなかった? 全員落としたのね、あれ。だから、そーとー実験段階な話なわけで、大の大人を実験に使うなよって厚かましい話なのね。使うんならギャラはらえよって。長坂ちゃんがついてたら絶対人件費むしりとってたわ。ほんとごめん、つうか、残念。今度しゃぶしゃぶおごってあげるから元気出してね。エーザイです。

金紙：だ、だれ?

銀紙：今の、何?(と振り向き)きゃー! マンモスだー!!

(……突然の鈴紙の登場と、マンモスの大群の襲撃に、ここでふたりとも意識を失い、またたくまに2ヵ月経過……)

金紙：あら銀紙、生きてたの? ひさしぶり!

銀紙：あら金紙、思ったより元気そうね。大変なんだって? ウワサは聞いてるわよ。

金紙：つれあいに「顔も見たくない! もう帰ってこないで!!」って言われちゃった……。あんたも吉祥寺あたり歩くときは気をつけてね。「このへん来ないでって言ったでしょ! その顔、どうにかして!!」って怒鳴られちゃうかもよ。あはははは。あたし最近、腕力つけたくてプールに通ってるの。銭湯代も最近高いから、プールを風呂がわりにすると一石二鳥でしょ?

銀紙：あら、ビンボーなくせして、ゴージャスじゃない?

金紙：近所に安いプールがあるのよ。ふるーくてボロボロだけど、とっ

てつけたようにサウナとジャグジーもあるの。でも男女共用。シャワーも共用なんで、オカマとしては困っちゃうわ。もっと困っちゃうことに、男子更衣室にオバアチャン集団が居座ってて、「わたしたちはもうオバアチャンだからね、全然気にしないから、つかわせてよね。だって女子更衣室、混んでるのよ……」とか、あたしに向かって言いわけしながら、いつまでもくだらないことだべってるのよ！　これってセクハラじゃない？

銀紙：ちょっとラジカルなセクハラね。生理があがったら、もはや男ってロジックなのかしら。

金紙：あたし一応、からだはオトコだから、オンナには水着の中身、見られたくないの。最初はホラ、たくましいオトコの裸が見られるかなーって期待もあったんだけど、若いオトコなんか今まで一度も見たことないわ。女子高生も泳いでないし。肉のたるんだオジサンと肉のたるんだオバサンと肉の枯れたオバアチャンと肉のないオカマしかいないプール……地獄ってこんな感じかしら。こんど会員証、貸してあげるから、銀紙も行ってみない？　あたしの顔写真貼ってあるけど、あんたがつかっても絶対バレないわよ。

銀紙：だめよあたし。最近ホルモンのバランスがいいんだか悪いんだか何見てもチンコが勃つの。今度からあたしたちを見分けるのに、勃ってるほうが銀紙、ダメなほうが金紙って覚えてもらっていいくらいよ。そんなところでオバちゃんたちにセクハラされたら、なおさらよ。あーこわいこわい。いやらしい！　でも、どうせ嫌な目にあうんだったら、セクハラのほうがまだ色気があっていいわよ。そういえばこないだあたし、半年かけて某大手出版社と進めてた企画モノの話が、急にポシャっちゃったのよ。全体の方向性がまとまる前から「漫画は河井さんで」ってことで打ち合わせに参加してたんだけど、同じ社内で、からんでる別部署の意見に引っ張りまわされて、ネーム何回も書き直しした挙げ句、結局もともとの企画に無理があったってことで、あっさり立ち消え。まあ、お金ちょっと貰ったから、そのこと自体はそんなに腹立ってないんだけど、テレビ出演の話もそんなだったでしょ？　続くと、やんなっちゃうわよね。

「運がいいとか、悪いとか……」

金紙：銀紙、やけになっちゃ駄目よ！　小学館に火をつけるのはやめて!!　目撃者がいて「あれは歌人の枡野浩一でした」って、誤解されちゃうかもしれないし……。

銀紙：火はつけないわよ。あんたほど恨みのエネルギー強くないから。ていうか「某」っつってんのに、そばからバラさないでよ！　でもその企画ポシャってから、ほかの仕事に対してもテンション落ちちゃって、全然働く気しないわ。レギュラーの仕事こなしてるだけ。まあ前がオーバーワーク気味だったから、ちょうどいいんだけど。

金紙：あたしプライベートは最悪だけど、仕事運は最近いいみたい。9月23日が34歳の誕生日だったんだけど、誕生日の朝「今、やりたい連載は読書日記だな……」って突然思いついたの。そしたら、その数日後に「週刊読書人」ていう新聞で読書日記を3回だけ書くことになったのね。で、「もっと長く連載続けたいな……」と思ってたら、大手出版社の小説誌から「読書日記の連載しませんか」って話が突然あったのよ。しかも偶然、同じ出版社の別の部署の人からも「書き下ろしで本を出しましょう！」って言われたし。こんど、某有名企業の紙メディアで短歌とエッセイの連載も始まるし。「SPA!」でも短期だけど書評コラム連載するし。おほほほほほほほ。12月12日発売予定のコラム集『日本ゴロン』（毎日新聞社）、よろしくね！

銀紙：いいわねえ、大手雑誌とか、新聞とか。あたしエロ本ばっかで、楽しいけど親や親戚に見せられない仕事が多いから、うらやましいわ。こないだも法事で実家帰ったら、親戚のおじさんに「お前、食えてんのか？　漫画描いてるって、お前の漫画なんか全然見ないなあ」とか言われて、腹立ったから「じゃあ、おじさんが知ってる漫画って、たとえば何よ？」って聞いたら「フクちゃん」とか言うから、怒り通り越して、げんなりしちゃった。でもまあ、運ってバランスだからねえ。

金紙：ほんとよね。鉄拳の『こんな○○は××だ！』は、きのう見たらもう7刷だったわ……。ねえ銀紙、松尾ちゃんの芝居行った？　あたし、橋口亮輔監督に、いつか会ったら渡したいなーと思ってたものがあったの。連載中の雑誌で橋口監督の『ハッシュ！』のことを褒めたたえたんだけど、その雑誌をなんとなくカバンに入れて持っていったら、約束してたとかじゃないのに楽屋で偶然ご本人にお会いできて……手渡せたのよ。なんか、いい予感、いちいち当たるのよー。

「時代はもうホモよね……」

銀紙：橋口監督ってホモの人でしょ？　ダメよ、おかまなんだからホモとつきあっちゃ。でもあたしにもホモの友達がいて、里見満って漫画家なんだけど、彼、バイセクシュアルで結婚もしてるの。不潔！　本宮ひろ志のプロダクションにいた人なんだけど、本宮先生の男らしさに逆にあてられちゃって、ホモが激しくなったの。不潔！　で、『レインボウ・ライフ』（集英社／全2巻）って本出したんだけど、ホモ版の『俺の空』なの。不潔！　でも友達だから、どっかでみたら読んであげて。不潔だけど。

金紙：あたしだって、あたしだってオカマなのに結婚してる「バイセクシャル」だわ！　オカマなのに結婚……して……た……、子供も……（涙で声にならない）。

銀紙：ホモって言えば、このあいだの松尾ちゃんの芝居、内田クンって美少年が「克夫」って役名だったでしょ？　彼が「克夫！　克夫！」って呼ばれるたびにあたしもう、ドキドキしちゃった。あたしの、奥深くの、ナルシズムと直結したホモ心がうずいたわ。あたしも不潔！

金紙：あっ、あの芝居のセリフに、この連載『金銀パールプレゼント！』で銀紙が言ってたネタ、そのまま出てこなかった？　ドモホルンリンクルをつくる人になりたかった、とかいうやつ……（前回参照）。

銀紙：そうよ！　松尾ちゃん、よくもパクったな～。おのれ～。でも、あたしも松尾ちゃんからいろいろパクってるし、こないだモツ鍋おごってもらったし、ささやかな御恩返しということで。それに、「克夫」って名前をパクられて、内田クンに演じてもらったのは嬉しかったし。

金紙：いいわねえ……。いつの日か松尾ちゃんの芝居に「浩一」も登場しますように。たとえ「マスの行為地」という名前でもいいから……。

銀紙：不潔！　でも、小番頭の芝居（ベルモンドの『お伽GOLD』）には、たしか「浩一」って出てきてたわよ。それで我慢したら？

金紙：あ、そうだったかも。あたしも観たわよ、あの芝居。嬉しいわ。でも、いつもいつも「浩一」っていう登場人物がいてほしいの。ベルモンドのこれからの公演、全ッ部「浩一」が登場してなきゃ我慢できない。我慢できないといえば、ジャニーズからタッキー&翼とかいうのがデビューしたけど、あたしたちの「&」を真似されたわね！

銀紙：あら、あたしたちも真似よ。ママス&パパスの。ねえ、ママス&パパスってさあ、夫婦交換って意味かしら？　いやらしい！　不潔！　ところで、見て見て、きょうのあたしの服。チェック模様がかわいいでしょ。ギンガミチェック。

金紙：……あたし、ファッションには疎くて自信ないん

銀紙：だけど、それって「ギンガムチェック」って言わない？　最近は「ギンガミチェック」になったの？　吉本ばなながが突然「よしもとばなな」になったみたいに。
あーあれ、なにかしらね？　キャリア長い人にいきなり名前変えられると、まわりの人が迷惑するのにね。今まででさえ「は」と「な」が2回、最後にぐるってまわして止める字が3回続いてイライラしてたのに、これで「よ」まで書かされた日には、温厚なあたしでもマジギレするわよ！　マジギレして、文字化けするわよ！
h#32s!¦!V% F% I% S=P1i $OL4 $H>C $($? $o!*W
……悪いけどあたし、疲れちゃったからきょうはもう帰るわ。帰って、売れるペンネーム考える。
金紙：あたしも帰る。帰って、ひとりぼっちで涙をこぼす。それにしても、あたしたちって、
銀紙：ホント、
金紙＆銀紙：似てるわよねえー。

つづく

第4回　「あたしたち、年も明けて、体が軽いわ!!」

（2003／2／17）

1月3日、赤坂にて

金紙：ちょっと銀紙！　ここの楽屋に来る途中、大人計画の伊勢志摩さんに真顔で「河井さん！」て呼ばれたわ。そんなに似てるのかしら……。

銀紙：あら金紙。メイクののりが悪いわー、ここの楽屋の鏡、曇ってんのかしらって思ったら鏡じゃなくてあんただったのね。あたしのライブ、来てくれたの？（注……正しくは「グループ魂」のライブ『ぼくの前世はヒットラー』。銀紙はゲスト出演）あ〜り〜や〜と。（美空ひばりで）

金紙：大人計画の長坂ちゃんに、チケットむりやり売ってもらったの。銀紙のふりして顔パスで入場しようと思ってたけど、長坂ちゃんの目はごまかせなかったわ……。

銀紙：あたしと（宮崎）吐夢のユニット（「レ・ワダエミ」）、どうだった？

金紙：なんだか舞台の上に自分がいるみたいだったわ……。ねえねえ、あたしたちもせっかく双子ユニットなんだから、『爆笑オンエアバトル』とか、出場してみるべきじゃないかしら。そういえば『爆笑オンエアバトル』の総集編みたいなのを観たわよ。鉄拳、しゃべりが0点なのをすべて絵でフォローしてるのね。負けたくない……。

銀紙：年末に淡島通りでタクシー探してたのよ。そしたら吐夢から、きょうのライブに関して電話があって、そのまま道で話してたら、目の前をね、自転車に乗った忌野清志郎が通り過ぎていったのよー。スーって。で、それをリアルタイムで吐夢に伝えたら、「それはいいものを見ましたね。何かいいことがある前触れですよ」って言われたの。

金紙：まあ素敵、今年はいいことありそうね銀紙！

銀紙：でもね……、別になんっにもなかったのよ！　いいこと！　清志郎だからライブの神とか降りてくるかなーって思ったけど、別に！　普通！　あーあ、これでお祭り終わり！　あしたから真面目に漫画描くわ。そうだ、「アックス」で連載してた「女の生きかたシリーズ」っていうのが3月に本になるのね。みんな買ってね。坂本志保ちゃんの装幀が可愛いのよ。金紙、あんたも『爆笑オンエアバトル』とか、夢みたいなこと考えてないで本業、頑張んなさいよ。

金紙：このごろ気分が喪中で、年賀状のお返事を書くの、来年くらいになりそう……。

銀紙：あたし、あんたになんか出してないわよ年賀状。銀紙って書いてあった？　それあたしのニセモノじゃないの？　赤紙だったら年賀状じゃなくて召集礼状よ。それとも幻覚見たんじゃない？

金紙：そういえば、12月にやった松尾部ナイトのリハーサル、楽しかったわね。で、本番はいつなの？

銀紙：ちょっと金紙しっかりして。松尾部ナイトって、あの日が本番だったのよ……。

金紙：ありがとう銀紙。あたしのつまんないボケに、いちいち優しくつっこんでくれて……。

銀紙：ああ、ボケだったのね。あたしと同じ顔が真顔で言ってるから本気で心配しちゃったじゃないの。今のあんたって本当、痛ましくって、ほっとけないのよ。あんたが思いつめて何かやらかしでもしたら、あたしの活動にも支障が……あっそういえば「SPA！」で、あたしの漫画、紹介してるっていってたけど……。

金紙：ここに持ってきたわ原稿。

《妻や子供たちがいる自宅（仕事場から徒歩で15分）には一切近づかないようにと言われている。だれに言われているかというと、妻の代理人である弁護士からだ。電話もFAXもメールも一切禁止らしい。「ストーカー防止法」という言葉が、その弁護士から届いた私宛の手紙に書かれているんですが、これって私が妻や子供たちに会おうとすることは、ストーカー行為になるってこと？　悲しみで胸がいっぱいで、意味がよくわからないんですけど……。というか私、何度もしつこく電話したりFAXしたりメールしたりなんか全然してないし、最後に子供と会ったのも1ヵ月以上前なんですけど。最後に妻と会ったのはもっと前。
　自宅周辺をうろついたりも全然してない。というか、自分の自宅だと信じていたマンションに行ってみたら、もう表札から自分の名前は消されていた。鍵も私の持ってる鍵ではあかなくなっていた。何が起こったのか一瞬わかりませんでした。
　私と双子みたいに似ているマンガ家・河井克夫があやしいと思う。彼のデビュー作品集『ブレーメン』（青林工藝舎）には、幼いわが子が突然消えてしまうという古典怪談ぽい短編が載っていて、読み返すたびに怖くなる。私、今、怪談の中にいるの？》
（「SPA!」12／31・1／7・2003掲載）

銀紙：……あんた今、雑誌とか、そこら中に家庭の話書いてない？　口ひらけば、やれ弁護士がどうのとか言うし。なんかもう、その話で食べてるって感じさえするわね。離婚ライター？　平成の池内ひろ美ね。

金紙：そうなのかしら。自分では普通に書いてるつもりなんだけど、いつのまにか原稿がこうなってて……。でも、食べてないの。食欲ゼロ。ねえ銀紙お願い、あたしのかわりに保育園に行って、子供たちが元気か見てきて。あたし、妻子のいる自宅はもちろんのこと、保育園で子供たちを見ることすら禁じられてるの。銀紙が何度か保育園に行って、「僕は枡野浩一ではなく河井克夫です」というコンセンサスを得たら、今度はあたしが河井克夫のふりして保育園に行くから……。あたしの言ってること、わかる？

銀紙：あたし今、動揺してる？
　言ってることはわかるけど、あなたって人間がよくわからないわ……。いいわ、あたしも子供抱き込むのに協力してあげるから、その話題で、もうひと旗あげましょうよ。去年の松尾部ナイトでも、そんな話で客わかせてたし。なんなら、あたしが奥さんの役やったげるから、離婚コントで地方まわってもいいわよ。

金紙：ごめん、その気持ちは嬉しいけど今はその元気ないわ。奮発して健康ランド行ったら、風邪うつされて……。でもあたし、もしも今、自分が「風邪ひいてる松尾スズキ」だったらと考えると気が遠くなるの……。まだ「風邪ひいてる枡野浩一」でよかったかもって。あたしには芝居の稽古がないだけ楽なはずだって、自分に言い聞かせるのよ……。

銀紙：松尾ちゃん、ひいてたけどね、風邪。ねえ、ほんと大丈夫？　頬、こけてるわよってあたしもこけてるけど……もっとよ！　今まで以上に。モア・コケよ。意味わかんないけど。

金紙：あたしの顔と銀紙の顔、ずれちゃいそう。このまま死んだら葬式お願い……。

銀紙：わかった。まかしといて。葬儀委員長やるわ。遺影は、めんどくさいからあたしの顔でいいわよね。

（……と、笑顔で手を振って別れたのが1月3日。その後、金紙の体力が「歩ける程度」に回復するのに半月以上かかってしまう）

1月某日、吉祥寺にて

金紙：銀紙、久しぶりね！　このまえテレビの深夜番組で、鉄拳が手作りしたアニメを観たの。それがけっこうよく出来てて……。いつものようにサインペンでスケッチブックに描いた絵を、カメラで1コマずつ撮影してつくってるのよ、そのアニメ。そんな手間のかかる作業をひとりで黙々と2ヵ月続けたんですって。あたし、鉄拳を見なおしたわ！　やっぱり友達になる!!

銀紙：ちょっとは元気になったみたいね。で、体調が良かろうと悪かろうと鉄拳の話は必ずするのね。どうなの？　身体。

金紙：今、体重53.5……心は重くて体は軽いわー。身長、183なのに。

銀紙：やせてるー……ってあたしもだけど。でも、あたしは最近心の調子が悪いわりには身体の調子がよくて、なんか体重増えてるの。54キロくらいかしら（身長は178）。だから勝ったわ、あんたに。まー、あんたに勝ってもしょうがないんだけどね。ちなみにベスト体重っていくつなの？

金紙：あたしのベスト体重、そうね、高校時代は57キロだったかな。結婚直後は60キロあったの。34歳にもなると腹が出てくるって同級生はみんな言ってるけ

銀紙：ど、あたしは今も10代みたいな体型よ。ただし、10代の虚弱児ってとこね！　こんな肉体に欲情してくれる人、どこかにいないかしら？　女でも男でも、もうだれでもいいわ……。
体重、あたしは高校のときが一番あってそれでも56キロとかだったかしら。一番ないときは51キロとか。いろんなところで書いたり喋ったりしてることだけど、あたし、小学校くらいのときからずっと痩せてて、健康な人間で自分より痩せた人って見たことなかったの。たまにいても病気の人だったりして。で、高校はいったときに隣のクラスでT君っていう人がいて、その人が見るからに痩せた人だったんだけど、体育の授業とかもちゃんと出てて、ああ、こういう人もいるから大丈夫って思ってたのね。でもT君は高校出てから一人暮らししてて、死んじゃったの。衰弱死だって。ああ、これであたしがまたボーダーラインになったわってがっかりしてたんだけど、今回久しぶりにその下が現れたから嬉しいわ。あ、その下ってあんたのことね。念のため。

金紙：ふふふ。あたしも嬉しいわ。『離婚ダイエット』って本、書こうかしら。『インフルエンザ・ダイエット』っていうのもいいかもね……両方いっしょにやると死ぬけど。

銀紙：インフルエンザ流行ってるらしいわねー。そうだ、インフルエンザって言えば。ねえ、思いで話していい？　小学校のときに友達でルチってアダ名の子がいて、なんでルチかっていうと、昔ＮＨＫでやってた人形劇で『プリンプリン物語』ってあったのよ。あんたテレビ見てなかったから、知らないでしょうけど。それに出てくる悪役でルチ将軍っていうのが、知能指数が1300あるっていう設定で。だから脳みそが大きくて、その結果後頭部が著しく出っ張ってるキャラだったのよ。ようするにその子もうしろ頭が出っ張ってただけなんだけど。

金紙：知ってるわよ、ルチ将軍。あたし、NHKだけは親に見せてもらえたの。

銀紙：小学校って、毎年インフルエンザの予防接種をするじゃない。医者が来てクラスごとに呼び出して。体育館か何かでやってたんだけど、時間のロスをなくすために、ひとクラス全員が終わりそうになったら次のクラスを呼びに行くわけよ。それで渡辺君……あ、ルチの本名ね。「渡辺君、そろそろ次のクラス呼んできてもらえる？」って言われて、ルチがその係になったわけなんだけど、体育館から次のクラスの教室までけっこう遠かったのを、急いでるから小走りになって、でも廊下走ると怒られるから、ちょっとまたスピード落としてみたりして、それでようやく辿り着いたときには、妙に緊張していっぱいいっぱいになってたらしいのね。で、授業やってる最中のそのクラスの扉ガラって開けて、開口一番、叫んだのが「ツベルクリン！」って。もう、おっかしくて教室中大爆笑だったんだけど……（ひとしきり笑って）あれ？　おかしくない？　この話。

金紙：……泣けるわ……。だって、あたしの息子の頭もルチっぽいんだもの。顔はすごい可愛いのよ、散歩させてるとオバちゃんに囲まれて「可愛い、可愛い！」って言われたり、通りすがりの女子高生に「今の子、ちょー可愛くない？　可愛いよねー、ありえない可愛さ！」とか言われたりしてたもの。でも後頭部に脳みそ詰まってる感じで、保育園指定の帽子、うちの子だけ頭が入らなくて、別の帽子つかってたもの……。とにかく、でかいのよ。頭もだけど、手足も、全身も……といってもあたし、あれから3カ月も会ってないから、今の話は3カ月前の記憶ね。

銀紙：……。

金紙：ごめん、せっかく笑わせようとしてくれたのに。話、変えましょ。そういえば今あたし、「ユリイカ」の松尾スズキ特集の原稿が編集部の都合で突然、倍のボリュームになって、うれし泣きしてるの。なんか、ほかのライターさんが急に書けなくなったとかで。松尾ちゃんの、戯曲以外の全著作にコメントすることに……。しめきりはあしたよ。うふふふふふ。

銀紙：「ユリイカ」、あたし、しめきり先週だったわよ！　普通、絵のほうがそのまま入稿できるから引っぱれるんだけど。まだ大丈夫だったんなら、もっとゆっくり描けばよかった！　でも、どうせ松尾ちゃんと全然関係ないこと描いちゃったから別にいいんだけど。

金紙：きっと「ユリイカ」って、絵はいちど版画にして印刷するから、時間かかるのよ……。さっきも点滴打ってきたの。これで少しは生きられるかしら、あたし……。

銀紙：ちょっと、がんばって太っていきましょうよ！　あたしねえ、こないだ松尾ちゃんと大久保に犬食べに行ったの。松尾ちゃんが書いてたけど「おもしろおいしい」って感じ！　言い得て妙ねー。脂が多いんだけど、思ったよりクセも少なくて、コラーゲンとかたっぷり入ってると思う。アレ。精力増強に効くらしくて、むこう（韓国ね）では新婚の夫に毎日食べさせるんですって。あたし、別に効かなかったけど。以前、取材でサソリとかタツノオトシゴとか食べさせられたときもソッチは全然駄目だったのよね。……いっそ切っちゃおうかしら……ウソウソ。それにしても犬は良いわねー。可愛くて……おいしくて……。あたしも愛する人にだったら食べられてもいいかなって思うわー。

金紙：愛？　そんなもの、この世にあるのかしら……。それにしても、あたしたちって、

銀紙：ホント、

金紙&銀紙：似てるわよねえー。

つづく

第5回「あたしたちは、病院へ行こう!!」

（2003／3／5）

金紙：**「鉄拳の本、20万部ぅ!?」**

　ねえねえ、鉄拳の作品集第2弾『こんな○○は××だ!2』（扶桑社）が出たわねー。第1弾の『こんな○○は××だ!』は20万部突破ですって！　きぃぃぃ、うらやましい。やっぱNHK・BSで共演した日に友達になっとくべきだったわ。そしたら、妻に自宅から追い出されて風呂なし・トイレ共同の仕事場で一人暮らしを始めることもなかったかもしれないのに……。

銀紙：どうでもいいけど、あんたの仕事場、鍵が壊れてるんだかなんだか知らないけど、何もしてないのに勝手に鍵が開くの、あれ怖いわね。あたしが遊びにいったときも、入って、鍵かけて、座って、お茶飲んでたら、しばらくして、ひとりでにカチャって……（本当の話です）。

金紙：だって家賃、安いんだもの。しっかり閉めたはずの鍵が自動的に開いたりすることくらい、仕方ないわ……。

銀紙：仕事場になんか仕掛けられてるんじゃないの？　奥さんの手先かなんかに。あ、ごめんごめん変なこと言って。（ことさらに明るい顔で）鉄拳の話だったわね。なんだっけ？

金紙：第1弾が金色の表紙で、第2弾が銀色の表紙よ。第3弾はパール色かしら？　まるで、あたしたちにケンカ売ってるみたい。どうせあたしの本は、増刷かかんないわよ！

銀紙：あたしの本も売れないわー。最初の本（『ブレーメン』青林工藝舎刊）、まだすごい余ってんのよ。いろんな雑誌で仕事して、露出もそれなりにしてるってのに、みんな、なかなかあたし個人にはお金を出してくれないものね。あの本、表紙が男の裸の写真だから手にと

りにくいって評もあったんだけど、それにしてもねえ……。

金紙：くやしいから、水鳥に読ませてしまいましょ！　わかる？　あんたたち鳥類に、鉄拳の絵心がわかる??

銀紙：そうねえ、あたしも人間相手の漫画家やめて動物路線に……。ここの水鳥が1冊ずつ買ってくれたとして、1、2、3、4、……。

金紙：よく見ると第2弾はカラーページが増えてるのね。どうせなら全部カラーにすればいいのに、最後のところに少しだけモノクロページがあるのは、どういうつもり？

銀紙：あ、動物って色の識別できないからモノクロでいいわね。ちょっと真剣に考えようかしら。動物向け専門漫画家。

金紙：鳥類は色、識別できるらしいわよ。そういえば銀紙、あたしの新刊『57577　Go city, go city, city!』（角川文庫）に絵を描いてくれて、ありがとー。松尾ちゃんも描いてくれたのよね。ものすごーく豪華なゲスト陣に絵を描いてもらえて、あたし幸せ……。絵を描いた著名人の人気にあやかって、売れない枡野浩一の本を1冊でも多くさばこうっていう、涙ぐましい企画なのよ。朝倉世界一さん、内田かずひろさん、オオキトモユキさん、おかざき真里さん、小栗左多里さん、鴨居まさねさん、河井克夫さん、かわかみじゅんこさん、業田良家さん、佐藤ゆうこ

さん、しりあがり寿さん、辛酸なめ子さん、鈴木志保さん、高橋春男さん、魚喃キリコさん、ハニーさん、ばばかよさん、町田ひらくさん、町野変丸さん、松尾スズキさん、南Q太さん、やまだないとさん、リリー・フランキーさん……以上あいうえお順の皆様、ほんとうにありがとうございました!! 妻の名前も入ってるところが泣かせるでしょ? これが「最後の共同作業」ってやつなのかしら……。

銀紙：短歌を4コマ漫画にしちゃうっていう図々しさが、金紙らしくて素敵。あと、漫画のないページも全部コマが書いてあってスペース稼いでて、これも図々しくて素敵よ。いいわねー歌人は。漫画家がこれやったら手抜きだって思われて、絵が描けないって思われて、それでいろいろあって……。結局、動物向け漫画家に……。

金紙：短歌の英訳がついてるとこも素敵でしょ? スヌーピー・ブックをイメージしてみたの。翻訳家への謝礼は自腹切ったから、また貧乏になっちゃったけど、これで海外でも自慢できるわー。おほほほほほ。

銀紙：(冷淡に) 売れるといいわねー。あたしも、もうすぐ新刊が出るの。『女の生きかたシリーズ』。青林工藝舎もあたしの本は売れないことわかっててよく出す気になったと思うわ。さすがに部数は減らされたけど。でも坂本志保ちゃんの装丁が可愛いの。中身読まなくていいからインテリアとして買って! 1300円。鉄拳の本のほうが色も塗ってあって、ページもあって、おトクかもしれないけど、そういうこっちゃないから! これ読んでるみんな!不況で大変かも知れないけど、絵や字の量じゃなくて行間や隙間にお金だしてみて! 騙されたと思って！　金紙の本もあたしの本も隙間がいっぱいよ！

金紙：（冷淡に）売れるといいわねー。あたし、ここまでして本が売れなかったら、心の隙間がいっぱいになりすぎて、あとはもう……。あたし、貧しい生活をさらに切り詰めて養育費送ってるのに、子供には会わせてもらえないのよ……。死んだ人の本て、売れるらしいわよね……（遠い目で湖を見つめる）。

銀紙：何考えてんの！　あんたが死んだら金紙＆銀紙はどうなるのよ!!　あんたがいなくなっちゃって、こんな顔してんのがこの世であたし一人になるなんて、考えただけでも……別にいいのか、それはそれで。うん、まあ、テキトーに頑張って。

金紙：そうよね……。あたし、これでも少しは元気になってきたのかも。体重もあれから500グラム増えて54キロになったし（身長は183）。

銀紙：そんな、何グラムかの増減で一喜一憂して。ボクサーの減量じゃないんだから。

「2度あることは……」

金紙：ちょっと前、55キロに増えたと思ったら、また少し減ったの。難しいわねえ、逆ダイエット。じつは今、婦人科にかかってるの、あたし。

銀紙：婦人科？　あのね金紙。オカマでもやって良いことと悪いことがあるのよ。ジェンダーを超えることによって、出版界のさまざまな因習を打ち破りましょって誓いをたてたあたしたちだけど……たてたっけ、そんなの？　まあ、いいや。あたしたちだけど、チンコはチンコでとても大切なものなんだから。男のくせに婦人科にいくなんて自分のチンコに失礼よ。たとえ、最近オシッコ以外につかう用がないっていっても……。

金紙：「うち、婦人科なんですけど」って受付の女性には怪訝な顔されたんだけど、「知り合いの男性編集者が、すごくいい先生がいるって、紹介してくれたんです」って言ったら、快く診てくれたわ……（本当の話です）。あのね、西洋医学にも通じてて漢方薬に詳しい中国人の先生がいるのよ、男の先生。で、胃腸を丈夫にして体重が増えるような漢方薬、処方してもらって……。これから、あたしの体重がどんどん増えていって、金紙と銀紙が別人みたいになったら、そのときは笑顔で解散ライブしましょうね！　まるまると太ったあたしの笑顔、目に浮かぶわ。

銀紙：あたしは浮かばないわ。

金紙：そういえば2度目のパイプカットしたって本当？　っていうか、銀紙、パイプカットしてたの？（漫画誌「アックス」31号、作家近況欄参照）

銀紙：ウソよウソ。それくらいセックス三昧の生活だったら良いなあ、って思って書いただけ。ああ、あたしも自分のチンコに失礼ね。ごめんチンコ、あと読者。

金紙：あたしも思いきってカットしようかな。子供は好きだけど、愛情こめて必死で育ててたのに、突然引き離されて……鍵が自動的に開く部屋で、毎日泣いて暮らすのはもうたくさん。最初から子供がいなかったら、こんな思いはしなかったのに……。あっ、きょうって、うちの息子の誕生日だわ。

銀紙：おめでとう。金紙の子だから小金紙かしら。コキンジって読ませて、親子の涙の対面ができるわね（桂小金治とかけている）……うそうそ。やーね、黙っちゃって。あんた子供の話になるとたまに冗談通じなくなるのね。でも、自分の息子の誕生日、忘れてたの？

金紙：うちの息子、2月29日生まれなの。今年はうるう年じゃないから、たぶん28日が誕生日になるのよね？　あーあ、誕生日プレゼントも渡せないわ。銀紙、あたしのかわりに、子供たちに顔見せにいってあげて！　娘も息子も「わあ、ひさしぶりにパパに会えた！」って喜ぶと思うの。今こんなに痩せ細ったあたしの顔見たら、子供たちも心配するでしょ？　その点、銀紙なら、少し前のあたしそっくりだし……。

銀紙：うん、顔見せにいって、ついでにチンコも見せるわ。あ、そしたらいよいよ警察呼ばれちゃうかな？

金紙：……あたし、警察から呼び出されたって話、したっけ？

銀紙：してないけど、あんた「SPA!」にいろいろ書いてたから、知ってるわよ。このあいだ美容院で髪切ってもらってるときに何の気なしにそこにあった「SPA!」読んでたら、「ぼくは一人でも平気です」みたいな特集記事に、あんたが一人でボート乗ってる写真が載ってて……（「SPA!」2／11号、『［独り上手］スタイルのススメ』）。可哀想って思って涙でたけど、後ろで髪切ってる美容師さんが、もし覗きこんで、これがあたしだって思われたらやだなって思って、あんたの写真だけ隠して読んじゃった。ごめんね。

金紙：あたし、自分でも知らないうちに、いろいろ書いてるのね……。たしか、「SPA!」で書いた松尾ちゃんの『寝言サイズの断末魔』（扶桑社）の書評の中で少し書いたんだけど、警察から電話がかかってきて呼び出されたのよ、あたし。でも警官といろいろ話してたら、事情わかってもらえて……同情されて、励まされちゃった。「君は全然ストーカーなんかじゃないよ！」って。これ以上くわしいことは、あたしの口からはとても言えないわ。「小説現代」の連載小説『結婚失格』、読んでね。

銀紙：『結婚失格』ねえ……。

金紙：まあ、『結婚失格』はフィクションだけどね。もともとは編集部に書評日記を頼まれて始めた連載なんだけど、始まってみたら、なぜか「書評小説」になってたのよ……謎。タイトルも編集部が付けてくれたんだけど、あれって、あたしがほんとに書いてるの？　いつ書いたのかしら？

銀紙：ホントに心配になってきたわね。病院に行ったほうがいいんじゃない？

金紙：だからぁ、もう通ってるわよ病院。

銀紙：あたしが言ってるのは、婦人科じゃなくて……。

金紙：男の病院行けっていうの？　ふん、ちょっとパイプを2度カットしてるからって、えばんないで！　どうせあたしは、パイプカット童貞よ。

銀紙：あたしはじゃあ、さしずめパイプカットモデル？

金紙：淋しいから、子犬でも買おうかな。どうする？　アイフル！

銀紙：え？　ライフル？　ズガーン!!　って犬鍋つくるの？　きゃー犬が可哀想！　なーんてね。ちょっとベタなボケで対談全体の印象をソフトにしてみたわ。……なってる？

金紙：なってない……それにしても、あたしたちって、

銀紙：ホント、

金紙&銀紙：似てるわよねえー。

つづく

第6回「あたしたちの、スタイリスト大募集!?」

（2003／6／1）

金紙：**「きっと鉄拳のせいよ!」**

ちょっと銀紙!　いつもここからの本『悲しいとき2』って見た?　前作の『悲しいとき』は扶桑社なのに、『悲しいとき2』は講談社なのよ!　デザインまるっきり同じなのに、デザイナーは別人なの!!　こんなあからさまな出版社乗り換えって、初めて見たわ……アキレタ。ちかごろ出版界って腐ってる!!　松尾ちゃんが「流行通信」の仕打ちに怒るのも当たり前よね……。もしもあたしのところに「流行通信」から原稿依頼きたら、もちろん断わるわ。

銀紙：あたしも断るわ、「オレンジ通信」とか「ニャン2Z通信」。でもって「流行通信」は受けるの。（この文章発表後、コアマガジンの方から誌名が違うと御指摘いただきました。「ニャン2Z通信」ではなく「ニャン2倶楽部Z」。ともにすごくいやらしい本）

金紙：きっと扶桑社で鉄拳の本が売れたから、いつもここからが嫉妬して、出版社変えたんだと思う。絶対そうよ!

銀紙：だから鉄拳の話はもういいわよ!　あんたが一番、嫉妬してんじゃないの。久々に会ったのに話題に乏しい人ねえ。

金紙：ほんと、久々よねえ。前回から3ヵ月たっちゃった。最近どうしてたの?

銀紙：いろいろあったわ……。4月16日で34歳になったし。ロシアであたしが目をつけたタトゥも、のっかれないうちになんだかすごい売れちゃったし。そう、戦争もあったわね。

金紙：あたしんちの夫婦戦争は現在も続いてるけどね……。

銀紙：ねえ、あの戦争さあ、「イラク戦争」って呼び名で最後のほうまとまってたけど、あれ、反米の人たち怒んないのかしら。アメリカが仕掛けたのに、イラクだけでやってたみたいじゃない。場所がイラク国内だったからかしら。あたしねえ、あのときいい呼び名考えたの。「バグダッド大作戦」ってやつ。戦争の悲惨なイメージが払拭されてアメリカ的にはいいと思って、ラムズフェルドにメール打とうと思ったけど、英語わかんなかったからやめたの。しょうがないから漫画のネタにつかおうと思ったら、編集に怒られたからやめたの。

金紙：あたしも編集の人に怒られるとき、あるわー。こんとこ警察の人にもよく怒られるけど……あ、この話はやめとくわ。早く私の人生に平和が訪れますように……。

銀紙：あたし、ここんところ、ずっと休みなしで働いてたけど、やっと落ち着いたわ。松尾部小番頭の齋藤ちゃんから「金紙&銀紙さん、更新して下さいよ」って連日泣きのメールが送られてきて、ああ、金紙にも会わなきゃなあって思いながら仕事場にこもって漫画描いてたの。で、そのうち齋藤ちゃんからのメールは来ても読まなくなったの。読むと、あんたの顔、思いだしてつらくなるから。でもメール見なくても鏡とか見ると同じ顔だから、やっぱり思いだしてつらくなったの。ていうか、じつはあんたのことなんか思いださなくても充分つらかったの。痔で。もう治ったけど。オカマ掘られたわけじゃなくて、座業が続いたからよ。あたしたちってほら、ネット連載での営業用オカマで、実践はしてないから。関係ないけど、最近ネカマって言葉聞いたんだけど、それあたしたちのことかしら?　ネカマ裁判ってのがあるらしいんだけど、それって裁判ざたになってるあんたのこと?

金紙：裁判ねえ……。あたし、養育費のほかに慰謝料300万要求されてるのよ。だけどあたしには法的な「離婚原因」が全然ないの。浮気もしてないし、暴力もふるってないし、全然なんにも悪くないのに。っていうか、自宅から突然追い出されて迷惑かけられたのはあたしのほうなのに、どうしたら慰謝料なんて発想が出てくるのかしら。訴えられたこと自体、信じられないわ。……ああ、これ以上は悲しくて私の口からはとても言えない。口では言わずに原稿に書くかもしれないけど!

銀紙：そういえば、あたしの新刊『女の生きかたシリーズ』のこと、書評に書いてくれてありがとね。

金紙：「SPA!」5／13号ね。いつもながら前置き長いの。でも、前置きの部分が離婚の話題じゃなくなったところに、魂の成長を感じてほしいわ。

銀紙：そういえば金紙、こないだ、あたしのミニイベントも来てくれたのよね。本の出版記念で阿佐ヶ谷にある「よるのひるね」って変な店で一日店長っていうか「一日客」ってやったとき。単に、告知したうえで一日中店にいたってだけなんだけど。でも客はわりと来たんだけど、見事に身内ばっかりで、せっかく取り寄せてくれてた本はほとんど売れなかったわー。

金紙：「よるのひるね」いい店ねー。あの晩はみんな、あたしの話を聞いてくれて嬉しかったわ。

銀紙：あんた例によってまた、会う人会う人に自分の家庭の話してたわね。「はじめまして、河井克夫の相棒の金紙こと枡野浩一です」とか言って名刺交換してたと思ったら、「子供に会わせてもらえなくて……」っていつのまにか始めてて。狭い店だったからあそこにいた客みんな、ひととおりあんたの話聞いて帰ったわよ。あたしの客は陪審員じゃないんだから!

金紙：みんな優しいわねー、銀紙の仲間だから、あたしの顔に親近感を覚えてくれたのかしら？　でも、さすがに家庭問題を酒の席で話すの、そろそろやめるわ。原稿には書くかもしれないけど！　じつはあれからあたし、3歳の息子には面会できたのよ。2時間だけ。半年間ずっと「会わせてくれ」って妻に言い続けて、やっと私の望みが叶ったの。

銀紙：半年会わなかったら3歳の息子が3歳半になっちゃうわね。でもよかったじゃない。

金紙：ちがうちがう、2歳半だった息子が3歳になったのよ。あたし、息子の誕生日も祝えなかったの。それに、血のつながってない6歳の娘には面会できないっていうのが、解せないところなんだけど……。それでも3ヵ月前にくらべればあたし、立ちなおってきたみたい。体重も56キロになったし。体重計買って、毎日はかってるのよ。そういえば銀紙、入院保険に加入したんですって？

「入院保険は大事よー」

銀紙：そう、アリコの「てごろでがっちり入院保険」。Kさんって役者さんが、アル中で入院してたんだけど、出てきたんで会ったら、「河井さん、悪いことは言わん。入院保険だけは入っといたほうがいい」って開口一番に言われたの。で、その話を松尾ちゃんにしたら、「うん、入っといたほうがいい」って言われて、なんだか怖くなって次の日に資料請求したの。あたしも34歳になったことだし、なんかいろいろ考えちゃって……。

金紙：あたしも加入しようかな……。あたし2000年のクリスマス前後、扁桃腺腫らして1週間入院したのね。そしたら妻が、「どうして病院の言うことハイハイ聞いて入院なんかしてるの？」って、鼻でわらうのよ。ものすごく苦しくて救急車呼んで、そのあげく入院したのに……。妻は病院嫌いで、点滴ひきちぎってカネも払わず脱走したことがあるんですって！　思えばあの頃から夫婦愛なんてさめてたのかしら……。あたし当時、NHKテレビで「かんたん短歌塾」の先生やってたんだけど、入院で1回休ませてもらったの。救急車にタンカで運ばれて短歌どころじゃなかったのよ……駄洒落でごめん。クリスマスだから看護学生たちがベッドに来て、賛美歌、歌ってくれて。クリスマスカードくれて。それがいい思いで。だけど入院費はすごーく高くてア然としたわ。

銀紙：ふたりしてアリコの入院保険入って、あたしたちが志村けんにかわってCMやればいいのよ。志村けんみたいにババアメイクすれば、ポストきんさんぎんさんでいけるかもよ。「キムタクの缶コーヒーCMで双子見るたび、なんで金紙&銀紙じゃないんだろうと思ってしまいます」って、小番頭の齋藤ちゃんも言ってたわ。

金紙：そうそう、「金紙さん、ソフティモのCMに出てません？　神田うのが出ている洗顔剤のCM」っていうメールが私のファンから続々届いてるんだけど、そんなCM知ってる？　っていうか、あんたが出てるCMなの？

銀紙：あたしもあのCM気になってたのよ。あのオカマヘアメイクの役の人、顔はちがうけど、たしかに声があんたに似てるわね。あと、芝居が妙に投げた感じっていうか、ズサンなところ。そういえばあんたの芝居も……。

金紙：そうよ、松尾ちゃん初監督の短編映画『まぶだちの女』の話、しなきゃ。あたしもう、ビデオで4回観たけど、観るたびに味わい深くなるわー。携帯電話をふたりで覗き観るあたしたち、似てるわねー。ラストのほうで、ふたり並んで指を鳴らして踊るシーンがお気にいりよ。でも一番苦労した、カラオケで踊るシーンは、あまりつかわれてなかったわね……あたしの芝居が下手だったから？

銀紙：………。

金紙：あたし、きのう見ちゃった！　下半身が車に乗ってるっていうか、車になってるみたいな犬!!　吉祥寺で散歩してたの。『まぶだちの女』に一瞬出てくる犬は、あれがモデルなのね？

銀紙：松尾ちゃんの奥さんが目撃したらしいわよ。松尾ちゃんちでは、カートとパトラッシュのあいのこだから「カトラッシュ」って呼んでるんですって。「くるまいぬ」ってのはどうかしらね。

金紙：あたしが見た犬、『まぶだちの女』に出てくる絵とちがってたところは、犬の下半身のカートに長い取っ手がついてて、その取っ手を人間がベビーカー押すみたいに押して、散歩してたところ。でも取っ手を人間が持たないときもあって、犬は勝手に歩いてた。サイボーグみたいだった……。

銀紙：って、『まぶだちの女』観てない人には全然わかんない話ね。あたしたちが出演した短編映画でーす。WOWOWで放映したのよね。主演は奥菜恵ちゃん。あと共演は元宝塚のトップスター真琴つばさ、コラムニストの川勝正幸、AV監督の井口昇っていう、広がりがあるんだかないんだかわかんないメンバー。6月20日に再放映もあるみたいだから、観てね！　お茶の間でお会いしましょう!!

金紙：テレビの話で思いだしたけど、あたし今、大嫌いなものがあるのよ。一青窈。なにあれ。変な名前。「MY詩集」とかに投稿する人のペンネームかと思ったわ。こんな名前を「ひととよう」って正しく読めてしまう自分がいや！

銀紙：本名なんでしょ。しょうがないじゃない。

金紙：ヒットした『もらい泣き』って、インチキ演歌みたい。本物の演歌なら全然いいのよ？　演歌みたいなJポップってセンス最悪だわ。『ふたり連れ』とか『お人好し』とか、そういうたぐいの演歌タイトルでしょ？　なんかねー、「SPA!」でもだれかが「日本語の体をなしてない」って批判してたけど、歌詞が気にさわるのよー。わけわかんないウナリ声からスタートするのが……。いい言葉が見つかんなかったから、てきとーな言葉でうめてみました、って感じ。歌詞カード見ると、さらに腹立つの。句読点とか、『カギカッコ』とか、ひとマスあきとか、飾りが多すぎるのよね。耳で聞いてもわかんないとこで、姑息なことしてる感じが、ださい。歌詞を引用すると著作権使用料払うことになってシャクだから、引用しないけど、手垢のついた言いまわしは、いくら『カギカッコ』で飾っても、やっぱり陳腐よ！　たとえばの例だけど、仮に「はっとした」という慣用句を歌詞でつかった場合、それを『ハッ』と、し、た。」って歌詞カードで表記したってさ、耳で聴いたら同じじゃん!!　そういうことする女よ、一青窈。

銀紙：地べたに座って歌うってとこは、どうなの？

金紙：よくわかったわねー、銀紙。座って歌うところも、ものすごくイヤ。感極まってたまたま一回座ったことがある、っていうのならいいわよ？　でも毎回歌うたびに座ってるんでしょ？　へんなふうに首ゆらすな！　あー、やだやだ。

銀紙：それにしても「ええいああ」って何かしらね？　思わずもらい泣きしちゃう何かの隠語かしら。「ケーキ、ただ」……うれし泣きね、それじゃ。「テレビ、棚」……地味で泣きにくいわねー。「セケキバラ」……セケキバラ・イクエで～す……ごめん、金紙。

金紙：だめよ、「ええいああ」なんて、歌詞引用しちゃあ。著作権使用料とられるわよ。あんなオリジナリティあるウメキ声、初めて聞いたもの。だいたい、たまたま1曲ヒットしたくらいで、NHK『トップランナー』に出演したりしてるのがむかつくわ。あたしたちのほうが出る資格あるのに……。でもいいの、あたし、NHKの『ようこそ先輩』には出るから！　金紙&銀紙の写真も一瞬だけ出るって噂だから、観てね!!　6月22日の朝、放映よ。

銀紙：あんたの嫌い方って、徹底してるわねー。根底にいつも嫉妬があるような気もするけど。あたしとの対談で、あんまりだれが嫌いとかだれが憎いとか言わないでちょうだい。あたしも一緒になって言ってると思われるでしょ！　……なにか好きなものはないの？

「これも愛かしら……」

金紙：今ねえ、大好きなものは、ラーメンズの小林の顔！　なんかねえ、見てて飽きないの。食べちゃいたいくらい好き。彼らのコントも好きなんだけど、やっぱ顔よね、いいのは。あの顔だったらあたし、自分の顔と取り替えてもらってもいいわ。キムタクの顔なんかとは取り替えたくないの。ハンサムだからいいってもんじゃないでしょ？　自分の器みたいなのと相談すると、あたしの器にも似合いそうだからいいのかしら……小林の顔。コントのとき髪型をコロコロ変えるのも、かわいー。コントの役柄に合わせて、おたくっぽくもなるし、さわやか青年ふうにもなるし、不思議な顔だと思うの。ひたいに汗びっしょりなのも、たまんないわー。でも小林とセックスしたいわけじゃないのよ。裸もとくに見たくない。そのへんは謎よねー、なんでこんなに顔だけ好きなのかしら。あっ、小林が「うっ」とか言って苦しんでる顔は見たいかも……。

銀紙：あたしは、ラーメンが、食べちゃいたいくらい好き。ていうか今食べてるの。ずずずー。

金紙：えっ、「もしもラーメンズの小林と一青窈がつきあったら？」……やめてー!!　そんなこと考えたくないー。ただでさえ現実の毎日がとっても暗いあたしなんだから、そんなひどいこと想像させないでー!!

銀紙：（無視してラーメンを食べ終わり）最近ねー、過ぎ男のファッションについて考えるの。ていうかあたしの着る服ね。ここんとこ急に、アシスタントだのなんだので若い女の子の知り合いが増えたせいか、そういう子たちに「銀紙さんのふだん着てる服は変だ」ってよく言われるの。「平成のピーコって言われてるあたしに向かって、何ファッションチェックしてんのよ！　どこが変なのか言ってちょうだい！」って、いくぶんキレ気味に言ったら、「どこってわけじゃないけどサイズとかが微妙にあってなくて」って言われて……。悔しくて、持ってる洋服、全部捨てようと思ったわ。そしたらどこで嗅ぎつけたのか小番頭の齋藤ちゃんが来て、「捨てるくらいなら僕にくれれば良いじゃないですか！」って、よくわからないけどいくぶんキレ気味に言われて、怖いからとりあえず着なくなってたコートあげたら……あいつそれ妙に似合うのよ！　それで洋服いろいろ持ってかれて、挙げ句の果てには捨て台詞に「顔と体型同じなんだから金紙さんに聞けばいいじゃないですか」ですって。……泣いたわ、その晩。金紙にそんなことで教えを乞うくらいなら整形してやる！　それでテレビ出て島田紳助に優しい言葉かけられてやる！　……って思ったけど、あえて恥を忍んで聞くわ。洋服どこで買ってんの？

金紙：洋服はねえ、あたし、自分のセンスには自信ないの。全然。すごく気をつかって買い物するんだけど、よくわかんないのよ、服……。結婚してからはずっと、妻に買ってもらってたの。そしたら漫画家の内田かずひろさんに、「枡野さん、結婚してから服がまともになりましたね」って言われて……。内田さん、まじめで正直な人だから、彼がそこまで言うってことは、前はよっぽど変だったのねー。今はまだ妻に買ってもらった服があるけど、これからは少しずつ、変な格好になってくと思うわ。だれか、ボランティアでスタイリストやってくれないかなー。金紙&銀紙のスタイリスト、募集してみない？　いつまでも喪服着てるわけにはいかないもの。って、また『まぶだちの女』観てない人には全然わかんない話、しちゃった。

銀紙：……いいわねー、スタイリスト。ていうわけでここで軽く募集します。「金紙&銀紙にこんな服を着せてみたい」って人、松尾部宛にメールちょうだいね。あたしたちの体型って、ツイッギーみたいなもんだから、人に服着せるの好きな人はスタイリスト欲求満たされるわよー。ツイッギーのミニスカートで、ツイッギーみたいなポーズで、お目見えしたいわ。あと、バーゲンで安かったからそういう服買ってみたものの、自分で着ようと思ったら着られないしって人、その服送ってちょうだい！　痩せてるってだけなら、あたしたち自信あるわよ！　あたしたちの体を慰み物にしてちょうだい！（いくぶんキレ気味に）服ちょうだい！　メールちょうだい！

金紙：それにしても、あたしたちって、

銀紙：ホント、

金紙&銀紙：似てるわよねえー。

つづく

第7回「あたしたちの、スタイリスト大登場!!」（2003/8/21）

7月某日、中目黒にて

銀紙：ちょっとー、遅いわよー、7分遅刻よ！

金紙：ごめんごめん、着る服がなかなか決まらなかったのよ。これから洋服を買いに行くってとき、どんな格好したらいいのかすごく迷わない？

銀紙：迷わない（キッパリ）。風俗行く前にオナニーしようかどうか迷うってのならわかるけど。あ、たとえが全然ちがうわね。もう！（逆ギレ）たまにいっしょに洋服買いに行こうっていうと、こうなんだから……。迷ったあんたと、迷わなかったあたしと、どっちもどっちの似たような格好じゃない。区別つかないわ。

金紙：そうよねー。だけど、お目当ての店に行くのは1時間後なのよ。それまではこの喫茶店で、松尾部に載せる対談するの。

銀紙：なーんだ。あせって損したわ。オナニーしてくればよかった！（また逆ギレ）

金紙：ねえねえ、あたし「流行通信」から原稿依頼来ても絶対ことわるわとか言ってたら、ほんとに来たのよ原稿依頼！　9月号の本特集で、おすすめ本を紹介してくれって。

銀紙：で、ことわったの？

金紙：受けたの。

銀紙：何よそれ！

金紙：当然キッパリことわろうかと思ったんだけど、急に気が変わったの。「流行通信」にひどい目にあわされた松尾ちゃんのために、リベンジ！　そうだ松尾スズキの本を紹介すればいいんだ……って気づいたのよ。頭いいでしょ？　それで金紙＆銀紙が柴咲コウちゃんと共演してる大傑作写真集『撮られた暁の女』（扶桑社）を紹介することにしたの。ついでに河井克夫の漫画『女の生きかたシリーズ』と枡野浩一編の短歌絵本『どうぞよろしくお願いします』（中央公論新社）も紹介するわ。感謝してね。

銀紙：……ありがと。だけどあんたって結局、「自分の本」と「自分の顔が出てる本」と「自分に顔が似た人の本」を紹介してるだけよね。でもあたしは、もし流行通信から依頼が来ても、松尾ちゃんに操をたててゼッタイにことわるわ！（伏線）

金紙：そうだ、最近ね、松尾ちゃん監督の短編映画『まぶだちの女』見たって人が次々とメールくれるんだけど、みんな「どっちが金紙さんか最後までわからなかった」って言うのよ。あたし、「しめしめ、銀紙よりあたしのほうがいっぱい映ってるわ」ってほくそ笑んでたのに……区別つかないんじゃ、意味ないじゃん！

銀紙：あたしも久しぶりの役者仕事で、がんばって絶妙な芝居をしてたのに、わからないなんて腹が立つわー。でもその一方であんたにより似せる努力ってのもしてたし、そっちでは成功してるわけだから痛し痒しね。

金紙：あら。銀紙のそんな努力も知らず、あたしは天真爛漫だったわ。ただただ、『レーダーマン』の曲の振り付けを覚えるのに必死で。撮影現場ではひとりだけ昼寝したり、のんびり過ごしてたあたしって、罪な女優。

銀紙：知ってる？　映画『ターミネーター』でヒロインやってるリンダ・ハミルトンって、双子なんだって。で、『ターミネーター』の2で、敵キャラのアンドロイドの3000だか4000だかが、クライマックス近くでリンダ・ハミルトンに化けるシーンがあるんだけど、そのシーンはCGとかつかわないでその双子のもう一方をつかってるんだって。あの映画ほかにも双子の役者何組かつかってるらしいわ。あたしたちもハリウッドからオファーこないかしら。

金紙：あ、あれからあたしもアリコの「てごろでがっちり入院保険」に銀紙：加入したのよ。せっかく金紙&銀紙のふたりとも加入してるんだし、CMの話、来ないかなー。アリコさん、ここ見てたら連絡くださーい！
　関係ないけど、双子漫画家の「山根青鬼、赤鬼」の赤鬼先生が亡くなったんですって。ご冥福をお祈りします。

金紙：青鬼先生のご健康もお祈りします。

銀紙：ところで見たわよ、NHKの『ようこそ先輩』。わりとしっかりした先生っぷりだったじゃない。小学生相手に、また身の上ばなし滔々としてたらどうしようかしらって心配してたけど。番組の出来も、まあ面白かったし。

金紙：なんか、あたしのプロフィール紹介の部分はごっそりカットされてて、離婚してんだか、してないんだか、わかんないつくりになってたわね。してないんだけどさ、離婚はまだ。単なる裁判中よ。でもね、小学生たちがあんまり可愛いから、「妻に嫌われて別居してて離婚裁判中」なんてこと一言も言えなくて……。小学生たちと給食食べてるとき、「結婚してるんですか?」って質問されて、「してますよ」とだけ答えたの、あたし。「子供いるんですか?」って質問されて、「います。ふたり。下が男の子で3歳、上が女の子で6歳」とだけ答えたのよ。この悲しみが……銀紙、あんたにわかる?

銀紙：わかんない（キッパリ）。あと、あんたってどんな場所でも、だれに対しても、しゃべり方わりと変わらないけど、子供相手にも同じだったから偉いって思ったわー。でも妙に冷静なくせに威圧的だったりもして、怖がってた子供いたはずよ、絶対。あ、でもそういうとこも先生向いてるかもね。あたしダメよ。子供の目線まで降りて行けないっていうか、大人と同じに扱おうとしちゃあ、出来ないの見て苛立つっていうか。こっちから甘えようとしても甘えさせてくれないっていうか。当たり前か。っていうか

金紙：あたしのほうがコドモ?　……もう、子供キライ！
　そういえば、途中から授業あたしと入れ替わって、無意味に子供たちを混乱させるってアイデアもあったのに、番組制作の人に却下されちゃったわね。
　そうなのよー。せめて金紙&銀紙の写真を一瞬でいいから紹介してね、ってディレクターと約束してたのに。その約束もやぶられちゃった……そんな予感してたけどさ。だって丸々3日間、カメラ何台もつかって撮影して、それをたった30分に編集するなんて無茶よ。テレビって無茶よねー。小学生たちは2日間、朝から午後まで全部ほかの授業つぶして短歌だけつくってたのよ。

銀紙：えーっ。

金紙：驚きでしょ?　しかも小学生たち相手の授業を撮影した2日間と、枡野浩一のプロフィール紹介のために撮影した1日は、けっこう間があいてるのよ。だからよく観てると、あたしの髪の毛の長さが微妙に変わるの。

銀紙：怒ると髪が伸びて、喜ぶとまた戻る人って思われればいいじゃない（投げやり）。

金紙：ほんと言うとね、一番最初は「離婚問題で悩んでる枡野先生を短歌で励まそう」って企画だったのよ。だけどいろいろあってボツになったの。結局それでよかったのかしら。日曜日の朝から、離婚で悩んでる歌人の話、聞かされたくないものね……。

銀紙：あー。だから「悩んでる自分を励ます短歌」とか作らせてたわけね。それにしても小学生って悩みがクリアでいいわねー。野球で負けて悔しいとか、習ってるピアノをやめたい、とか。あたしなんか、このトシになると自分が悩んでるのか、そうでないのか、何に悩んでるのか、むしろ悩みたいんじゃないかとか、さっぱりわかんないわ。あと、他人への評価もわりとクリアで驚いたわ。「あいつはモテる」とか「あの子は努力家だ」とか、それぞれがクラスの中での評価が定まってて、棲み分けがなされてる感じ。ああ小学生になりたいわー。でも、実際なったらそういうウジウジしたことずっと言ってて嫌われて、いじめられちゃうかしら。じゃあ、やっぱりいじめられないぶんだけ大人のほうが楽?　おしえて金紙先生！

金紙：あたしが授業した相手は小学6年生なんだけどさ、よく考えたら長崎の例の事件の加害者と、そうトシは離れてないのよね。あんな可愛い子たちが、一歩まちがえたら加害者になりうるんだと思うと、あたし……（涙で言葉にならない）。

銀紙：ああ、でもあの事件は、やっぱりあの加害者が特殊なんだと思うの。少年なだけで、ヘンタイのキチガイって言ってもいいと思うわ。でもねー世の中ヘンタイのキチガイって多いのよねー。普通の人も簡単にヘンタイのキチガイになるし。この話、続けるとこみいっちゃうから、しないけど。

金紙：加害者の少年の親も痛ましいわよね。だってもう、育て方がまちがってたとかそういうレベルじゃないのよ、きっと。子供って生まれつきの性格とかすごくハッキリあるし。親としても、どう反省したらいいのか、わからないと思うの。あたしも自分の子が突然、加害者になったら、途方に暮れると思うし。被害者になるのも加害者になるのもイヤよね……。あたし、自分の息子が3歳だし、4歳の被害者っていう存在もリアルなのよ。イタズラするっていうのもダメだけど、なにも最後に殺さなくてもよかったのに。

銀紙：とまんなくなっちゃうのかしらねー（投げやり）。

金紙：自分に子供ができてから、あたし、子供がひどい目にあうっていう話に耐えられなくなって……。テレビドラマとかでも全然ダメ。前まではフィクションとして普通に見てたのに、今はそういう話がちょっと出てくるだけで腹立たしいの。子供がケガする

映画『クレイマー、クレイマー』とかさ。もちろん子供が死ぬ話なんてもってのほかね。だって、自分の子がケガしないか病気しないかって、親は毎日おびえてるのよ。子供といっしょに過ごしてると、それだけで子供の体って、あっけなく壊れそうなんですもの。ちょっと目を離すと、どっか行っちゃうし。

銀紙：その点、蛭子能収先生は凄いわよ。自分の子供に火をつけて燃やす話とか、平気で描いてるもの。

金紙：蛭子能収って子供いるの!?

銀紙：いるの。ほんとにリアルタイムで、自分の子と同じ年齢の子供を漫画に登場させて、しかも名前まで実際の子と同じで。たとえば野菜と一緒に息子を売ってるって話とかで、売れないから、お前なんか燃えてしまえって火をつけるっていう……。

金紙：最低ー！　人間じゃないわ。人間じゃないけど蛭子能収の書く映画評って面白い。さすがテレビ出て年収1億稼いでるって噂の漫画家はちがうわね。不愉快だから話変えるけど、稼ぐといえば銀紙のホームページ、10万ヒット稼いだんですって?

銀紙：そうなの。10万ヒットに3年くらいかかってるのよ。しかも、たぶん10万ヒットのうちの2万くらいは絶対、自分なの。

金紙：残りの8万ヒットのうち2万くらいは、あたしかもねー。それにホームページが10万ヒット稼いでも、本が10万部売れるわけじゃないのよねー。

銀紙：ほんとよね。それに10万ヒット記念に何かしなきゃと思って、何か書こうと思ったけど、書くことがなくてなくて……。

金紙：ねえインターネット、活用してる?　あたしなんか、弁護士さんもネットで見つけたのよ。離婚裁判で今お世話になってる弁護士さんて、あたしの『かんたん短歌の作り方』を読んでくれてた人なんだけど……。ホームページの掲示板に「枡野浩一ファンの弁護士さんいないかなあ」とか書いたら、「いまわたしがつとめている法律事務所の弁護士さんが枡野さんの本のファンです」ってメールが届いて。それで相談に行ったの。

銀紙：あたし、いろんな人の書いたウェブ日記とかは読んでるわよ。だいたい若い女の子のが多いけどね。読むに耐えないものもあるけど、面白い人のはホント面白いわよねー。そういえば以前、あたしが自分の名前で検索してたら引っかかった日記があって、「吉祥寺で枡野浩一か河井克夫か分からない男を見た」とかいう記述があったわよ。あれ、この話、したっけ?

金紙：そう、その話なんだけど……（カバンから本を取り出して）……銀紙、これって読んだ?　切通理作『ポップカルチャー　若者の世紀』（廣済堂出版）。

銀紙：読んでないわ。

金紙：この本の最後に松尾スズキのことをずっと追いかけてる松尾フリークの女の子が出てくるんだけど、この子が、あの日記書いた子なのよ!

銀紙：ええっ、そうなの?

金紙：あたし、池袋のジュンク堂っていう本屋でやった、切通理作のトークイベントに行ったのね。そしたら、この女の子に「枡野浩一さんですよね?」って声かけられたの。で、銀紙に話聞いてその子の日記を読んでたから、「あなたの日記、読んでますよ」って言ったら、ものすごーく動揺してた。なんかね、その子の日記って1日5人くらいしか読んでないんだって。そのうちの2人が同じ顔の男……っていうんで、衝撃受けたみたいよ。

銀紙：あの子の日記って、だらーって読んでみたら、知ってる人の名前がずらずら出てくる……。だから、すごいニアミスする場所にいる子なんじゃないかしら。

金紙：ほんとよね。あたしの知ってる固有名詞ばかり出てくる、不思議な日記だもの。あたし、インターネットを始めたばっかりの頃は自分の名前を検索エンジンにかけてあちこち見てたんだけど、ある時期から飽きちゃってもうやめてたの、そういう「自分探し」。だけどね、ついこないだ2年ぶりぐらいに自分の名前で検索したら、わりと感じのいいサイトを見つけたのよ。古賀さんっていう女の子の『まばたきをする体』（http://www.asahi-net.or.jp/~jh5c-kg/）っていう日記サイトなんだけど。でねたどりついたページ（http://www.asahi-net.or.jp/~jh5c-kg/01/20030630.html）に、洋服屋をやっている友達が枡野浩一の『かんたん短歌の作り方』を貸してくれた……って書いてあって。あたしの本を読んでる洋服屋さんて、どんな人だろうって興味ひかれたの。それで、古賀さんにメールを出してみたの。そしたら、とんとん拍子に話が進んで……。

銀紙：それで、きょう中目黒に来てるってわけね。

金紙：そういうわけ。で、これから行く洋服屋さん「メタルバーガー」っていうんだけど……その店で働いてるのが谷田さんていう男の子ね。きょうが初対面。その友達の古賀さんていう女の子も、もちろん初対面よ。

銀紙：ちょうど松尾部でスタイリスト大募集してたところだし、タイミングよかったわよねー。

金紙：そうよねー。松尾部宛に何通か「私でよければスタイリストやりますよ」っていうメールは届いてて、とっても有り難かったんだけど、残念ながらいまひとつ現実的に「今すぐお願いします」って感じのノリじゃなかったのよ。

銀紙：あ。ねえねえ、あの人たちじゃない?

金紙：ほんとだ。……こんにちは、古賀さんと谷田さんですか?

古賀：古賀です、はじめまして。ほんとに似てますね……。

谷田：谷田です。僕、枡野さんのホームページに掲示板金紙：があった頃、書き込みとかしてたんですよ。

谷田：ほんと!?　じゃあ、もっと早くにスタイリスト募集しておけば、さっさと知り合えたのかしら。

金紙：その頃はまだ学生でした。出身は滋賀なんですけど、名古屋の学校に通ってて、それで大阪で就職して。新しくメタルバーガーを設立することになって、東京に来たんです。枡野さんの本は、名古屋のヴィレッジ・ヴァンガードに平積みしてあるのを手にとって。

銀紙：嬉しいわ。ヴィレッジ・ヴァンガードって、あたしの本に優しいのよね。

金紙：あたしの本にも優しいのよ。

谷田：こんど、顔そっくりフェアやってもらいましょうよ。ふたりの本、並べて。

古賀：枡野さんの本はけっこう持ってるんですけど、たまたま『かんたん短歌の作り方』だけ買ってなかったんですよ。つい最近、吉祥寺のヴィレッジ・ヴァンガードで買って。それを古賀さんに貸したっていう……。良い意味で、「古賀さんだから貸した」ってところがあります。古賀さんがこの本を読んだときの化学反応が楽しみっていうか。

金紙：それで私が日記に書いたんです。

谷田：素敵！　ヴィレッジ・ヴァンガードありがとう!!

　　　じゃあ、店に案内します。こっちです。

金紙&銀紙ファッションショー

【金紙】あたしたち、ストリートのファッションリーダーになれるかしら?

【銀紙】中目黒って迷路みたい。迷える小羊ね。

Boutique
METAL BURGER
【金紙】この店よ、この店。「メタルバーガー」。おいしそう……。

【金紙】どれにしようかな……。

【谷田】グッドポーズです!!

【銀紙】どう? ブランド名は「DIET BUTCHER SLIM SKIN」ですって。

【金紙】あたしのほうが似合ってる……。

【谷田】これが一番オシャレ！ どこがどうオシャレなのか、うまく言えません。とにかくオシャレ。

【谷田】ニューウェーブ。

【谷田】……さっきの格好はオシャレなんですけど、残念ながらモテ度は低いと思います。「非モテ系ファッション」。セックスアピールがまったくないのが素敵な感じ。ナード。

【金紙】あたし、これ買いますー。

【銀紙】じゃあ、あたしは、これ。

【銀紙】記念撮影しましょ。ハイ、ポーズ！

【金紙&銀紙】ペアルックで帰路につきました。バイバイ……。

8月某日、下北沢にて

銀紙：あら。「メタルバーガー」で買ったシャツ、似合うわね。うふふ。
金紙：あんたこそ、似合うわよ。おほほ。
銀紙：それはいいけど金紙！　こないだ中目黒でやった対談、いつになったら原稿になるのよー。もう1ヵ月たっちゃったじゃないの。
金紙：ごめんごめん、いろいろ忙しかったのよ。
銀紙：あ、そうだ。「流行通信」9月号の本特集、見たわよ！
金紙：あたしだけじゃなくて、しまおまほちゃんも銀紙の本、おすすめしてたわね。なんか示し合わせたみたいに。
銀紙：そうなの。でねー、そのせいか、なんと……あたしのところにも、「流行通信」から原稿依頼来たの！
金紙：で、ことわったの？
銀紙：受けたの！
金紙：何よそれ！
銀紙：単発の4コマの仕事なんだけど。こうやって顔が似てる者同士、これからも仕事を回し合いましょうね！
金紙：あたしもニュースがあるの。じつはきのう、裁判所で離婚届にハン押してきた。
銀紙：え……？　裁判終わったの？？
金紙：うん。本格的な裁判は結局やらなくて、裁判官の仕切りで和解めざして話し合いしてたのよ。それで結局あたしの言いぶんが全面的に認められて、慰謝料は1銭も払わなくていいってことになったわ。
銀紙：よかったじゃない！
金紙：しかも、逆に妻があたしに「和解金」を払うってことになったの。
銀紙：儲かったじゃない!!
金紙：まあ、裁判費用かかってるし、トクした気しないけどね。（涙を「メタルバーガー」のシャツの袖口でぬぐいながら）これからは、子供に月1回会えることを楽しみに生きてくわ!!!

銀紙：（同じく、涙を袖口でぬぐいながら）よかったわねー。よかったわねー。
金紙：（抱き合って号泣）それにしても、あたしたちって、
銀紙：（号泣）ホント、
金紙&銀紙：（涙・涙の笑顔で、決めポーズ）似てるわよねえー。

つづく

Studio
400
百円コインを入れ
カチッと音が聞え
たら次のコインを
入れて下さい

第8回「あたしたち、7カ月ぶりにコンビ復活よ!!」（2004／3／20）

松尾スズキ様、小番頭様、銀紙様、お元気ですか。


わたくし金紙は今、旅に出ています。

元妻が行方をくらましてしまったため昨年10月から顔を見ていない、愛する息子に会うための、先の見えない長い旅です。

『金銀パールプレゼント！』連載第７回の原稿も、３月末の段階で完成していたというのに、原稿データの入ったｉＢｏｏｋを持ったまま音信を途絶えさせてしまったこと、心からおわび申し上げます。

いったい何があったのか、いつの日か、笑ってお話できるといいのですが……。

３カ月前の対談原稿のデータ、同封しました。わたくしの遺言として、今さらな感じになりますが、どうか発表してやってください。松尾部のますますの盛況を、遠くから見守っています。

2004年６月５日
金紙より

というような手紙を金紙が送りつけてきたのですが、
私はさっき家に帰ってきてこの手紙を読み、
少なからずショックを受けたのですが、
ていうかさっきまで別の用で金紙と会ってたからなんですが、
一体何をトチ狂っているのでしょう。元気そうだったのに。
でも、そんな私も大好きだったあなたを忘れるために
明日からコペンハーゲンにいきます。
松尾部のますますの盛況を、遠くから見守ってます。

2004年６月６日
銀紙より

銀紙からの手紙

……。

では気をとりなおして、金紙＆銀紙、３カ月前の対談です。

レッツゴー!!

2004年６月７日

小番頭の一言

久しぶりに会ったら似てなかった

金紙：あら銀紙、久しぶりじゃない！　生きてたの？

銀紙：生きてたわよ。生きて生きて、生きまくってたわよ。ねえねえ、これ知ってる？　東鳩の「暴君ハバネロ」。スナック菓子なんだけどすっごく辛いの。で、あたし今コレに軽くハマってるの。最初口に入れたときはそうでもないんだけど、あとから来るのよ、辛さが。で、アトひくの。口の中ひりひりして汗ダラダラかくんだけどやめられないの。なんか、辛いモノ食べてると「生きてるーっ」って感じすんのよねえ……あんたこそ大丈夫なの？　なんかすごく元気だっていう噂とすごく元気がないっていう噂と代わりばんこに入ってくるから躁鬱なんじゃないかって心配したのよ。そうなったら大変よ。躁金紙&鬱金紙&銀紙になってあたしのカゲが薄くなるから。

金紙：ねえ、この連載の対談すんの、じつに7カ月ぶりなのね。毎日毎日いろんなことがありすぎて、みんな忘れちゃったわ。いったい何から話したらいいのかしら……。

「念願の引っ越し、したわよー！」

銀紙：あんた、引っ越ししたそうじゃない。年賀状みたいな転居通知みたいな離婚報告みたいなハガキ、うちにも届いたわよ。

金紙：年賀状と転居通知と離婚報告、1枚のハガキで兼ねてみたの。年末に出た最新エッセイ集『淋しいのはお前だけじゃな』（晶文社）の宣伝まで兼ねてるのよ。うふふふ、賢いでしょ？　新居の間取り図を印刷して〈1Kから、やりなおします。〉って文章を添えたら、すごい反響があって驚いたわ。

銀紙：正月早々、暗いハガキ送りつけてきたって反響がね。

金紙：今はなき「噂の真相」の高橋春男コーナーには文面が転載されちゃうし。「SPA！」編集部からは「安い家賃の部屋に住んでいる人特集に出てくれませんか」って電話あったし。そんなに安い家賃に見えたのかしら、あの間取り……。

銀紙：だれかの家の2階に、間借りしてるみたいに見えるからじゃない？

金紙：一軒家の2階部分がアパートになってるのよ。下には大家さんが住んでるの。今度は風呂もついてるし、カギも自動的に開いたりしないし、吉祥寺駅から徒歩5分だし、普通にいい部屋よ。相場よりは家賃安いんだけど、「SPA！」の貧乏特集に出る資格はなかったみたい。宮藤ちゃんとご近所さんになって、よく喫茶店とかで会うの。でも会うたび「河井さん！」って呼ばれて……。

銀紙：あたし宮藤ちゃんともう何年も会ってないような気がするわー。実際は芝居見に行ったりしたとき挨拶とかするんだけど、あれだけ売れてる人だと、なんだかあたしの挨拶で時間とらせるのも悪いような気になってついすぐ帰っちゃうの。宮藤ちゃんは、初めてあたしを舞台に上げてくれた人で、あたしが「昔、役者もやってたんですけどね」とか言えるのは彼のおかげなんだけど。あ、ごめん、つっこむの遅くなったけど、「河井さん！」って呼ばれて……って嘘でしょ。

金紙：うん、嘘……。宮藤ちゃんによく会うのはほんとだけど。彼はあたしたちの区別つくみたい。

銀紙：つくわよ、そりゃ。

金紙：あれよあれよというまに超売れっ子になって、ご近所さんなのに気持ち的には何マイルも離れてるような人だから、つい嘘ついて、おとしめたくなったのよ。ごめんなさい、くんく……。

銀紙：複雑なオトシメねー。要するに、あたしたちの区別つく人はワンステージ上ってことね。

金紙：でも忙しすぎて彼、あたしたちの連載読んでないわよ。あたしが離婚したことも知らなかったみたいだし。

銀紙：えー？　あれだけほうぼうで離婚の話してるのにねー。そういえばあたしこのあいだフランス行ってきたんだけど、帰るとき航空会社にリコンファームがどうの、とか言われて、あんたと間違われてるのかと思ったわ。フランスにもあんたの離婚話が知れ渡ってるのかって。日本では知らない人いないと思ってたんだけど……。

金紙：いたの。あたしマジで感動したわ、「え、離婚したんですか!?」って宮藤官九郎に真顔で聞き返されたとき……。売れっ子だもの、それくらいハードな毎日じゃなくちゃ駄目なのよね。

銀紙：なんか自慢話のようにも聞こえる話ね。「あたしクドカンにも心配されたのよ！」っていう……。

金紙：まあね。でもあたし、引っ越しひとつするのも大変だったのよ。不動産屋があたしのこと値踏みするの。連帯保証人がどうこうとか、うるさいったらなくて。職業をきかれたから、「著述業です」って正直に言ったら「作家さんですか?」って向こうが言うから、「そ、そんな立派なものでは……」って答えながら、すごく卑屈な気持ちになっちゃった。だって「歌人です」なんて言えないわ、口がさけても……。あやしさ100%だもの。

銀紙：たしかに、あやしいもんねー、「歌人」って。部屋貸したら、柱に自作の歌とか彫りこまれそうだもんねー。

金紙：天下のNHK『ようこそ先輩』に出たくせに、風呂なしトイレ共同の部屋にいたあたしって、どうなの後輩?

銀紙：押忍！　そのへん逆にNHK好きのする感じもするっす。

金紙：どうなの不動産屋?　あなたは、か弱き大人の代弁者なの??　やっぱり低収入であることを言いわけにしないで、あの辛酸なめ子さんみたいに、マンション買わないと駄目かしら……。老後の不安におびえる毎日よ。

銀紙：そういうときはとりあえず頑張っとくものよ！　不動産屋に何か言われたら、「何、あんたあたしのこと知らないの?　テレビ見てないの?」くらい言っておきなさいよ。歌人だの作家だの、辛気くさいこと言ってないで、「タレントです」って言っときゃいいのよ!!　そういえばきのう、あたしがたまたま家にいたら、NHK来たわよ。「おたくは受信料払ってませんね。きょう、いくらかでもお支払い願えますか?」ですって。アッタマ来ちゃう！　……たしかに払ってないんだけどさ。でも最後に見たNHKの番組って、あんたの出た『ようこそ先輩』で、あと、ほとんど見てないわよ。よっぽどあんたのふりして追い返そうと思ったけど、結果的にあたしたちの評判悪くなるといけないって思って、おとなしく払ったわ、8000円。これ、あんたに返してもらおうかしら。

「液晶テレビには手を出さないわ！」

金紙：そう、あたしの出た『ようこそ先輩』って、8カ月前に放送したんだけど、つい最近にも再放送したのよね。それで、「そういえば金紙&銀紙の連載、ずっと更新してなかったなあ」って、やっと思いだしたの。

銀紙：忘れないでよ。

金紙：ちなみに新居にはケーブルテレビひいたのよ。今まではBSの番組に自分が出演しても、自分ちで見られなかったんで、今度はテレビライフを充実させようと思って。奮発してソニーの液晶テレビ買ったの。一番小さいやつだけど。そしたら……ブラウン管のテレビより、なんか画像が見にくいのよ。自分の視力が悪くなったと思うくらい。輪郭のエッジが甘いというか、人物の顔色が悪いというか。期待が大きかったから、大ショック……。

銀紙：えー、そうなの?　あたしも今、部屋の模様替えして、色々やってたら、やっぱりテレビが一番邪魔なことがわかって、場所取らない液晶テレビってセンを考えてたんだけど……。

金紙：あとで友達から聞いたんだけど、液晶テレビってデジタル放送を見るときれいに見えるらしくて、だから電器屋ではデジタル放送をうつしてるんですって。詐欺よ！　詐欺だわ!!　そもそも液晶って「分子」だから、どうしても人物とかの激しい動きについていけてなくて、動きの残像が見えるらしいの。だけど、いつもi−Bookの液晶画面でDVD見てたし、液晶テレビって、その程度の美しさで見られるんだって頭から信じてた。でもそれはDVDがデジタルだからで、アナログのテレビ放送を見ると、ブラウン管のほうが見やすいなんて……想像もしなかったわ。それじゃあ液晶テレビって、まだけっこう欠陥商品なんじゃないの?　薄さとかって、見やすさを犠牲にしてもいいくらい重要なの?　その液晶テレビが、4割引で買ったんだけど定価は10万とかするのよ。まさかそんな弱点を持ってる商品だなんて知らなかった……。それって常識なの?　みんな知ってて液晶テレビ買ってるの??

銀紙：……いいこと聞いたわ。あたしはまだ、液晶テレビ買うの、やめとこー。浮いたお金で洋服でも買おうかしら。あっ、そういやあんた、メタルバーガーの谷田ちゃんと最近いい仲らすぃーじゃないのよ！（らすぃーはよりオカマっぽい発音で）あたしを出しぬいて、よくおデートしてるって聞いたわよ。悔しい！

金紙：（急に機嫌がよくなり）うふふ、そうなの。彼ったら、いろんな街のいろんな店に詳しいのよ。このあいだも高円寺の素敵なスペイン料理の店につれてってもらったわ。美味しいだけじゃなくて、ものすごく安いのよ。びっくり。っていうか、高円寺には銀紙もついてきたじゃない！　秘密にしといたのに、いつのまにか待ち合わせ場所に来てるんだもの。尾行でもしてるの？

銀紙：ふん、ぬけがけしようったってそうはいかないんだから。あたしだって谷田ちゃんに優しくしてほしいわよ！　でも、ついてってよかったわー。高円寺の古着屋では「銀紙さんはこれがよく似合いますね」とか、「これは銀紙さんにしか着られません」とか言われて、いっぱい服買っちゃった。よく、オンナってオトコが変わると服の趣味もガラって変わったりするけど、あれって気持ちいいのよねー、きっと。言いなりになってる感じが。

金紙：そうよね……（遠い目）。元妻とつきあいだした頃もそうだった。

銀紙：あっ、しまった！　また離婚話のスイッチいれちゃった！

金紙：元妻の選んでくれる服をあたし、喜んで着ていたの。でもそのあげく「服も自分で選べない男なんて」と嫌われて……。あたし、今度は谷田君に依存してるのかしら。でも、いつ谷田君に嫌われて捨てられてもいいように、今から覚悟しておくわ。別のオトコとふたまたかけて……。

銀紙：人は裏切るけど、服に罪はないわよ。「坊主憎けりゃ袈裟まで憎い」って、あれ坊主に捨てられた女が言い出したのね、きっと。あ、ごめん、あんたも坊主だったわね。

金紙：……。

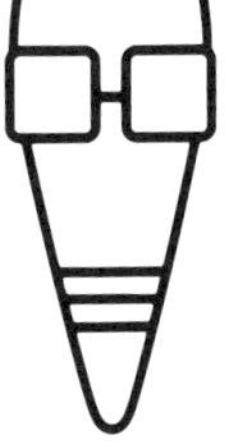

銀紙：**「芝居って、いいわー！」**

　あと、お礼言うの忘れてたけど、去年の暮れにやった芝居、観にきてくれてありがとね。さっきも言ったけど、あたし漫画家やる前から、松尾ちゃんのとか、宮藤ちゃんとか、芝居ちょこちょこ出てて、今回久しぶりの舞台出演だったんだけど、客はともかくあたしは楽しかったわー。

金紙：なかなかよかったわよ、芝居！　哲学書をそのままラップにした哲学ラップ、はまってたわねー。ラップってそもそも哲学書みたいな文章と相性がいいんだと、発見した気分だわ。語尾の「である」とかが妙にね。

銀紙：「発見の会」って劇団は、もう40年くらいやってるんだけど、60年代に始まったアングラの先駆けみたいな劇団で、最初のうち黒テントとか自由劇場とかといっしょにやってたのが、嫌われたんだかなんだかで、いまや演劇史から抹殺されてる劇団なの。でも、抹殺されつつも、まだあるの。だから役者さんはおじさんおばさんばっかりなの。あたしも舞台は7年ぶりくらいだからセリフとか覚えられるかしら、ちゃんと動けるかしら、ほかの役者さんに迷惑かけたりしないかしら、って心配してたんだけど、そんなあたしを尻目に、他の役者さんたち、あたし以上に、セリフは覚えないわ、動かないわ、おかげですっごくのびのびできたわー。でもね、そんななおじさんおばさんたちが本番入って客の前に出ると、ものすごい輝きを見せるのよ。セリフは覚えてないからバンバンとばしたりするんだけど、関係ないのね。あー演劇って作品の完成度とかだけじゃないんだなーって勉強になったわ。

金紙：セリフとばしてるなんて、気がつかなかったわ……。

銀紙：もともとセリフにあんまり意味ないしね。あとね、アングラ劇団ってそうらしいんだけど、稽古場とか、劇場とか行くと、必ずどこかから酒や食べ物が出てくるのよ。電車賃すら持ってないことがある人とかいるから、そういう人は芝居やってさえいれば、とりあえずの食事に困ることはないわけよ。今まで、あたし、芝居やると貧乏になるって思ってたけど、あれ極限まで行くと共産主義になるのね。共産主義国がダメになるのって、みんな働かなくなるかららしいんだけど、そういう人は芝居やらせればいいと思うわ。そういえば、聞いて！　あたしロシア語検定4級に合格したわ!!

金紙：あら、すごいじゃない。

銀紙：去年の10月、ウラジオ行く前に、仕事とか、いろんなことから逃げるようにして、日本語の情報シャットアウトしてロシア語勉強してたんだけど、年に1回そういう試験があるって聞いて、せっかくだからってちょっと受けてみてたの。で、いざロシア行ってみたら、あたしのロシア語通じたり通じなかったりだったんだけど、帰ってきたら通知が来てて、見てみたら……合格してたのよ！　すごい、あたし！　やるー、あたし!!　っていうのをだれかに自慢したくてしょうがないから、とりあえずあんたに自慢するわ。（と、ここで煙草に火をつけ）あんたもさー、ライターとか短歌とか、儲かんないなら、日本語なんかでやるのやめてさー、『日本ゴロン』なんて本、出してたけどさー。外国向けにシフトチェンジしてみたら？

金紙：きーっ、うらやましいわ！　あんたは着々とマイペースでスキルアップして、未来が明るそうね。あたしのほうは、不動産屋にいじめられたことが悔しくて、あれからムキになってテレビ出てるわよ。生放送だったNHK・BS『公園通りで会いましょう』で、客席に来てくれてありがとね。あと、NHKは『真剣10代　しゃべり場』にもゲストで出たわ。収録ではいろいろ厳しいこと話したつもりなのに、実際の放映ではカットされてて、妙に常識人ぽい大人になっててびっくり。しかも自分の短歌を口に出すとき噛んでるし……。「常識的なこと言って、1回噛んだ人」って印象しか視聴者の心には残さなかったと思う。それから、これまたNHKで『青年の主張』改め『青春メッセージ』の予選審査員を、増田明美さんとつとめたりもしたのよ。青春メッセージ、思ったより面白かった。トマトの美味しさについて熱く語る青年とかいて、爆笑したあげく、思わず予選通過してもらっちゃったもの。

銀紙：いろいろ出てるわねー。なんて同じ顔なのに、あんたばっかりNHKに好かれるのかしら。でまた、なんか若者や子供を啓蒙する番組が多いわよねー。そういう人に見えるのかしらねー。あたしにもなんかおしゃれな仕事こないかなー。あっ、そういや前に、この連載で「あたしも断るわ、オレンジ通信とか、ニャン2Z通信とかの原稿依頼」……とか言ってたら、コアマガジンからクレームのメールが来たのよ！「断っていただくのはいいとして、ウチの雑誌の名前は『ニャン2倶楽部Z』です。『通信』とかつきません。ついでに言うと、オレンジ通信ってアップル通信の間違いじゃないですか」だって。あら、それはたいへん失礼しました、関係者と、あと、マニアの皆さんに……って謝ってるうちに……。受けちゃったのよ、連載。せっかく「流行通信」の仕事して、おしゃれ漫画家への道まっしぐら！　って思ってたら、またエロ本と仲よくなっちゃったわ！　で、その「ニャン2倶楽部Z」の読者プレゼントのページで、1コマ漫画やることになって、見本誌送られてきたから、ぱらぱら読んでみたら……もちろん知ってはいたんだけど、改めて読んでみたら……。女の人にバイブ入れて、お尻にも入れて、鼻の穴にも入れて、入れたまま、犬の首輪つけて、猫の首輪もつけて、牛の鼻輪もつけて、つけたまま、外つれまわして、初詣とか行って、で帰ってきて女の顔にオシッコかけて、女にもさせて、自分ももう1回して、みたいな写真が満載の本で……も一、もはや、なんか、いやらしいの通り越して、地獄っていうか、天国っていうか、おとぎ話のような本だったの。デビュー以来、親に見せられない仕事を数多くやってきたあたしだけど、ついにここまで来たかって思ったわ。……それもこれもあんたのせいよ！（逆ギレ）

金紙：**「みんな、あたしを捨てていくの……」**

あんたも苦労するわね……。でも、あたしも仕事運の悪さなら負けてないわよ。だいぶ前の話になるけど、某誌で元妻（南Q太）の新作レビュー書いたら、没になったのよ。それは最初、編集部の人が漫画評書いてくださいって言うから、「南Q太の『トラや』（太田出版）について書きたいんですけど」って言ったら、「それはぜひ読みたい！」って返事が来たんで、頭ん中で原稿あれこれ練ってたの。そしたら、「デスクが南Q太で書くのは駄目って言うんです」ってあとから言われて、あー、やっぱり離婚のこととか気にされてるのかな……と思って。でもその時点でもう頭の中では原稿すっかりできてたから、「駄目で元々でいいから書かせてください。書き方工夫して、問題ないようにするから」って編集部の人に言って、精一杯工夫して書いて提出したら、やっぱりデスクに駄目って言われたらしくて……。内容が駄目なわけじゃない、枡野浩一が南Q太のことを書くのが駄目なんだって、ってことらしいの。

銀紙：ふーん。

金紙：「じゃあ、枡野浩一以外のペンネームつかえばいいんですか？」って食い下がったけど、結局はあたしが折れて、全然別の漫画家の新作について書いたのよ。それでね、それから1カ月くらい経って、また改めて漫画評を頼まれたとき、前置きのところで離婚のことについて数行だけ触れたら、そこが駄目だから書きなおしてくれって言われて……。「前回のこともあるし、離婚のことはやっぱりまずい」とか言われたの。あたし、その原稿ってわりと自信作だったから、「今回の場合、離婚うんぬんの前置きが、作品の紹介のために効果を発揮してると思うんです」「編集部の判断は尊重しますし、書きなおしますけど、書きなおしたら、今よりつまらなくなると思う」って、正直に言ったの。

金紙：それで延々いろいろ話したけど、最後は「お互い不本意な結果に終わりたくないし、時間もないし、没にさせてください」って向こうに言われて。しめきり日守って文字数合ってても、編集部の基準に合わないと、そういうふうに没になって原稿料も貰えないのね……。あたし、10年間その雑誌で書いてきたけど、没になったのってその2回だけなの。っていうか、書きなおしを命じられたことも1度もなかったのよ。今までが順調すぎたのかしら。後日、どうしても納得できなくて、デスクと直接電話で話したの。そのデスクは10年前にあたしを最初につかってくれた優秀な編集者で、あたし、とっても信頼してたのよお。でも、編集部は悪くないです、ライターが編集部のなおしに応じるのは当然、みたいなニュアンスの態度で畳みかけられて、なんだか悲しくなっちゃった。

銀紙：でも編集者って、そんなものじゃない？

金紙：たしかに、そんなひどい対応をされたわけじゃないのかもしれないわ。直接の担当編集者の彼だって、まじめで、漫画好きで、いい人なのよ。でもね、そのときデスクに「原稿依頼もしないのに勝手に原稿書いてくるライターさんが時々いて、そういう人の原稿をいちいち載せてたら雑誌は成り立たないでしょ？」みたいなことを言われたのは、反論する気も起こらなかった……。あたしの場合は、いったん編集部がGOを出したのに、構想を練っている途中で「やっぱり駄目」って言われたから、とにかく原稿を見て判断してほしいと思って、あえて書いて提出したのよ。もちろん、告げられていたしめきり日より前に書いて、「駄目で元々と思ってますから、読んでください。これで駄目なら別の漫画について書きます」って言って提出したのよ。そういうささやかな「歴史」を無視されて、「原稿依頼もしないのに勝手に原稿を書いてくる人」と、あたしを一緒にするような発言をされたのは、やっぱり納得できないわ。

銀紙：「歴史」ねえ……。あ、それに似た話していい？ ウラジオ行ったときの話だけど、向こうのミネラルウォーターってペリエみたいな炭酸ガス入りのが一般的で、普通の水買うとき、いちいち「ガス抜きの」って言わないといけないのね。ホテルで飲むための水買おうとそのへんのお店入って「ガス抜きの」っていったのね。4級なところひけらかすと、「ビェズ・ガッサ」っていうんだけど。そしたら「じゃあ、これ」っていって2リットルくらいの出してくるのよ。それは多すぎる、もっとちっちゃいのないかって言ったら、「じゃあ、これ」って500㏄くらいの出してきたから、「それでいい」って買って帰ったんだけど……。ホテル帰って飲んだらガス入りだったのよ、それ！　要するに「もっとちっちゃいの」っていう2番目の注文出した時点で、ひとつめの「ガス抜き」って注文はリセットされてるわけね。ロシア人っていいかげんねー。あ、これささやかな「歴史」が無視されたっていう話つながりなんだけど。……つながってない？

金紙：（無視して）「離婚した元妻である漫画家の新作について書かないでほしい」という一個人の意見なら、あたし、耳を傾ける気はあるの。だけど、最初からそういうコンセンサスを編集部内で持っていてほしかった。2回目に没になった原稿にしても、最初から「前置きで離婚のこと書くのは避けてください」って言われてたら、もっと別の切り口を探したわ。だけど、その雑誌でそれまで何度も離婚のこと書いてきて、そのときは「面白いです」って言われてたんですもの。担当者がちがうと、こうも対応がちがうものかしら。そこの漫画評コーナーは署名原稿で。「署名だから、著者の顔が見える感じの原稿にしてください」って、前の担当者には言われてたのよ。で、前の担当編集者が異動になって、新しい担当編集者には特に何も言われなかったから、「署名だから著者の顔が見える感じの原稿にしてください」ってオーダーは、そのまま生きてるものと思ったわ……。だけどデスクと直接話してみた感触でわかったんだけど、編集部はもっと匿名的な原稿を求めてたみたい。だったら最初からそう言ってよ！　って、こんなふうに理詰めでペラペラ話すから、元妻にも嫌われたのね、あたし……。あれから漫画評の原稿依頼は、ぱったり来なくなったわ。さようなら、大好きだった「SPA！」。離婚すると、仕事もなくなるのね。

銀紙：（窓の外、桜がちらほらと開花しているのを眺めている。明らかに先ほどからの金紙の話を聞いていない様子）

金紙：（怒って）ねえ、聞いてんの？

銀紙：あ、……（ことさらに大きな声で）それにしても、あたしたちって、

金紙：ホント、

金紙＆銀紙：似てるわよねえー。

つづく

第9回「あたしたち、週刊朝日をジャックしたわ!!」

（2004／8／21）

金紙：あら銀紙、久しぶりじゃない！　生きてたの？

銀紙：なによ金紙、それはこっちのセリフよ!!　金紙&銀紙は、自然解散したのかと思ってたわ。

金紙：まだ解散できないわよ。だってCM出演するという夢が叶ってないもの。ねえ、この連載の対談すんの、何ヵ月ぶりかしら。毎日毎日いろんなことがありすぎて、みんな忘れちゃったわ。いったい何から話したらいいのかしら……。

「ちかごろ忘れっぽくて……」

銀紙：……なんか、前にもまったく同じ会話をしたような気がするわ……。

金紙：そうだった……？　あたし最近、とみに忘れっぽいのよ。谷田ちゃんの店「メタルバーガー」で買った、お気にいりの黒いシャツジャケットをタクシーでなくしたり、六本木のヴィレッジ・ヴァンガードで買った傘を蕎麦屋に置き忘れたり……。シャツジャケットは結局見つからなかったの……。傘はお店の人に電話して保護してもらってるんだけど、取りにいく電車賃のほうが傘より高いのよ……。

銀紙：あたしもなのよ〜。あたしの場合はモノは最近忘れないけど、しゃべってて、単語が出てこないの！　お盆休みに実家の両親が上京してきてたんだけど、渋谷から横浜行きたいっていう老父母に、東横線での行きかた説明しようとして、「桜木町」って単語がどうしても出てこなかったの。「浜松町……じゃないし、馬喰町なわけないし……浜松町！　……じゃないし、錦糸町じゃ、勿論ないし……浜松町！　……じゃないし……」結局、品川から東海道線で行かせたわ。でも、あとで調べたら、今、東横線で元町まで直接行けたのね。桜木町思い出す必要すらなかったわ。

金紙：きょうね、わりと頻繁に行く紅茶専門喫茶店に2ヵ月ぶりくらいに行ったら、店の人に「これ、忘れてませんでした？」って革靴用の防水スプレーを渡されたの。あっ……。そんなもの買ったことも忘れてたし、それを店に忘れたことも気づかなかった。喪失感ゼロの忘れ物よ。自分の脳みそが信じられなくて怖い。メメント？

銀紙：さっきはさっきで友達と電話で映画の話してて、「ホラ、だれだっけ、ユマ・サーマンの旦那だった……」「あーアレね、あの人。うんうん、ここまで出てるんだけど。えーと」「あー、悔しい！　えーとえーと」って感じで電話のこっちと向こうでうんうん唸って、やっと友達のほうが「わかった！　イーサン・ホーク！」って言ってくれたんだけど、じつはあたしが最初に言おうとしてた名前はゲイリー・オールドマン（前の旦那）だったの。物忘れひどくなってるうえに、記憶が昔でとまってんのよ！　もう年寄りよ年寄り！

金紙：あたしは子供の頃から物忘れひどかったの。ランドセル忘れて学校に行ったことってある？

銀紙：ないわ。

金紙：あたしは、あるの。お楽しみ会のために皆でつくってあたしが預かってた紙人形を当日学校に持って行き忘れて、私のグループだけが何もできなかったこともあるの……。今思えばあたし、そういう類いの軽い知的障害な症候群だったのかも。だった……というか、現在進行形？　あたし、今も何か大切なことを忘れ続けてる気がする。

銀紙：こないだも友達の結婚式に出て、2、3人離れた席に座ってる女に会釈されて、どっかで見たことあるなあ、ていうかよく知ってるような気がするなあ、って考えてて、思いだしたの。昔ちょっとだけつきあった女だったのよそれ。そういうことすら、忘れてたっていうのがスゴク、ショックだったわー。まあ、でもその女も悪いんだけどね。忘れられるくらい存在感うすいってことでしょ？

金紙：「結婚」？　なんかあたし、その言葉を聞くと何か思いだしそうな気がする。あたしに何か関係あったかしら、その言葉。結婚……。あたし最近、はてなダイアリーって日記サービスをつかってるの。そこって、「読者がどんな検索をして自分のページに辿り着いたか」がわかるんだけど、「枡野浩一＋離婚」っていうキーワードで検索してくる人が、ものすごく多いのよ……。どうしてなのかしら？

「ついにテレビ出演を果たしたわ！」

銀紙：……思いだせないことは、思いだしたくないことなのよ。無理して思いだすことないわ。もっと楽しい思い出について語りましょ。そうだ、こないだついに、あたしたち金紙&銀紙がテレビ出演を果たしたじゃなーい。

金紙：あ、そうだったわ。忘れてた。忘れちゃうほど短い6分ほどのミニ番組だったけどね。（手帖を取り出して）記録によると、6月20日の夜10：54〜11：00に放映されたのよね。『いのちの響』っていう大変そうな名前の番組だけど、『ウルルン』と『情熱大陸』のあいだに挟まれてるから、意外とみんな観てたみたい。

銀紙：谷田ちゃんの店であたしたちが服を選んだりしてるシーンがあったのよね。

金紙：谷田ちゃんの名前もしっかりテロップに出てた。あのこ、かわいいふりして、わりとやるもんだわ！

銀紙：あと、ロッキング・オンのロック・フェスでDJもしたじゃない。

金紙：そうそう！　今出てる「週刊朝日」8/27号のあ

銀紙：たしの連載で、『金銀パールプレゼント！』の出張版が載ってるのよね。
そろそろコンビニからなくなる頃だから、読みたい人は急いで！

金紙：……でもあたし、あの日のことがまだ消化できなくて……。いっそ忘れてしまいたいわ。だって公式サイト（http://www.rijfes.co.jp/04/quick/dj2/index.html）に掲載された当日のルポでも、あたしの存在は「なかったこと」になってるし……。やっぱりアンチ「ロッキング・オン」派の音楽ライターだった過去が災いしてるのかしら……。

銀紙：あんたって、そういう恨みごとだけは、いつまでも覚えてるのね。でも一応、松尾ちゃんとあたしがやってる「チーム紅卍」がゲストＤＪだったのよ。で、あんたはゲストＤＪのあたしたちの、そのまたシークレット・ゲストだったの。ま、シークレットにしすぎて、なんだかよくわからなかったかもしれないわね。一応、「ますのこういちー」って紹介はしたんだけど、客がそれに反応したんだかどうかわかんなかったわ。

金紙：ああ……。せっかく猫の着ぐるみの下に競パンをはいてたんだし、おもむろに猫ぬいで、裸になって腕立て伏せして、力つきて倒れるくらいのパフォーマンス、やればよかった……。

銀紙：そんなことしてだれが嬉しいの？

金紙：それとも、紅卍の本や自分の本をステージからバラまけばよかったのかしら。あとは、マイク奪って、「今かけてるCDは自分で企画と全曲作詞を担当して東芝EMIから出たアルバム『君の鳥は歌を歌える』の中の1曲で、『振り上げた握りこぶしはグーのまま振りあげておけ相手はパーだ』って長いタイトルが五七五七七の短歌になってて、じつはこのメロディはピロウズの山中さわおさんがつくってくれて、歌ってるのはミーシャとか深田恭子とかの作詞で売れた元サイコベイビーズの黒須チヒロなんだけど、あたしのCD出したあとCD制作プロダクションが倒産して、あたしに声かけてくれた女性は借金背負って今バイトをいくつも掛け持ちしてて……」って、おねえ言葉で延々語ればよかったわ。せっかく千載一遇のチャンスを与えられて、なにもできないあたし。ごめんなさい、銀紙！　ごめんなさい、松尾ちゃん!!

銀紙：……それはちょっと聞きたかった気もするけど、ロック・フェス会場はロフトプラスワンじゃないのよ！　そもそも、数あるロック・フェスの中でもあたしたちが出たロックインジャパンフェスっていうのは、観客の年齢層が一番低いんですって。一番、刺激を欲しがってる子たちなワケよ。で、あたしたちなんか、ミュージシャンじゃないし、かといって芸人さんとかでもないし、劇作家と漫画家と歌人だから、イロモノ中のイロモノで、何やるのかわかんないじゃない？　ものすごく期待が高まってて、「週刊朝日」でも語ったけど、ホント、怖かったわー。松尾ちゃんが、そのへんで拾った松ぼっくりとか葉っぱとか蒔いてたのにさえ、お客さんが群がってたものねー。お客さんの「ドンヨク」っていうのを、絵にして見せてもらった感じだったわ。

金紙：ねえねえ、紅卍って、「くれないまんじ」と読ませつつ、じつは「こーまん」の隠語なの？　あと、「卍」はもともと胸毛を意味する記号だったって説も聞いたんだけど……。松尾ちゃんの、フレディ・マーキュリーな胸毛には、そういう意味があったの？

「あたしたち、単行本になりたーい！」

銀紙：ノー・コメント。そうそう、8月19日の「日刊ゲンダイ」の書評エッセイでもあんた書いてたけど、あたしたちの連載『金銀パールプレゼント！』、そろそろ単行本化の話が来てもいい頃よねえ……。

金紙：じつはF社とM社から話が来てたんだけど、なぜか次々と両方の担当編集者が体調をくずして……会社やめちゃったの！

銀紙：……呪われてるのかしら？　9月から毎日新聞で毎週（東日本版は日曜日掲載）あたしたちの対談連載がスタートするっていうのに、やな予感するわ……。

金紙：ま、あたしたちも出てる写真集『撮られた暁の女』も増刷かかったらしいし、未来は明るいと信じましょ。

銀紙：あたしたちも出演してる松尾ちゃん監督の『恋の門』もそろそろ公開だしね！　それにしても、あたしたちって、

金紙：ホント、

金紙&銀紙：似てるわよねえー。

つづかない

次ページからの漫画は、
枡野浩一の新作短歌9首にインスパイアされて河井克夫が描いた、
いわば金紙&銀紙はじめての合作です。

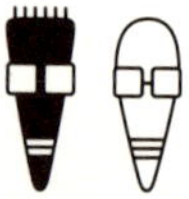

短歌漫画

ラブホテルにて

——推敲したところから腐っていく——

表題と短歌・桝野浩一（金紙）
構成と作画・河井克夫（銀紙）

㊟この物語はフィクションです

ものすごく急いで書いたエッセイだ　それが案外いいときもある

枡野浩一

↖漫画も

離婚後、初めて
「離婚のことに全く触れずに書いた
エッセイ集」が
大ベストセラーになり、
それはマスノに巨額の印税をもたらした
何億という金を手にして、
さてこの金をどうしようかと
マスノは考える

最初は全てを、会えない息子の
養育費として送ろうとも
考えたが、思い直し、
「離婚のことを全く書かずに
手にした金」なので、離婚と
子供以外のことに使うことにした
自分のため
そして社会のために
使おう

とはいえ、自分のためでもあり
そして社会のためにもなることとは
一体どういうことだろう
マスノは改めて自分と社会の関係を考える
これといった趣味も全くないマスノだったが、
仕事以外に時間を割いているものといえば
たまに買ったり借りたりするＡＶ鑑賞くらいだった
もっともっとし
あ〜ん
ああ、なんで女優と同じくらい男優も映してくれないのだろう
不公平じゃないか
そこで、あることに思い至る
そうか、僕が今、一番興味を持てるのは他人のセックスだ
あの金は他人のセックスのために使うことにしよう
あ
ひ〜
い〜
そう考えてマスノは、その金を全部はたいて

ある山奥の深い森の中に
巨大なラブホテルを建設したのだった
HOTEL
Kajin-Royal
カジンーロワイヤル

森の中に建てたのは、「セックスはなるべく人目を忍んで行うものだ」という理念がマスノの中にあったからで
このくらい山奥ならそこで行われるセックスはさぞ開放的なものであるだろうと想像した

そのかわり値段は格安にした
休憩五〇〇円、宿泊一〇〇〇円
ああ、いいホテルができた
みんなのためにこんなホテルを建ててあげるなんて僕はなんて優しいのだろう

自らのことを優しくないと言う人は優しい　ラブホテルにて

枡野浩一

逆も↗

アクセスは最悪だったが、歌人の建てたラブホテルという話題性もあって、そこへ向かおうとするカップルは多くあった
しかし

ねーまだ着かないの～？そのホテルー
あと15キロくらい先かな
あたしもう疲れちゃった～
なに言うんだよここまで来て
行ったってどうせ一泊してセックスして帰ってくるだけでしょ？
だったらもーここでいいじゃーん
えっ、ここで？
そうだな、ここだってどうせ誰かに見られるわけじゃないし
ね、そうしよう そうしよう
マスノのラブホテルはあまりにも山奥にあったために
あん あん あん
どのカップルもたどり着くことができず、あげく山中でセックスして帰っていくのだった

あ〜
り〜
い〜
恋人たちの撒き散らす愛液や精液は
森の木々や草花に恰好の栄養分となり、
森はどんどんと成長していった
スクスク
スクスク
スクスク
そして覆い繁るそれらの緑は
マスノのラブホテルをさらに埋没させていった
客、
こないなー

ん？
ガサガサ
あ…
ここか……？
ガサ…
すいません、ラブホテルってここですか？
あ、お客様ですかっ
いらっしゃいませようこそ
おい、着いたぞユキコ
よかったな、やっとセックスができるぞ
ここ……どこ？
……水中？
水中じゃない、ホテルだよ

水中じゃなくてもそれはそれは苦しい　とても疲れてしまったわたし

枡野浩一

我々はよりよい
性生活のために
ここにきたのです
とにかく一刻も
早くセックスを
心得ております
さあどうぞ
こちらへ
このホテルで一番
いい部屋です
どうぞ思う存分
セックスを
ああ、
ありがとうございます

山中での非常食のため持ってきていたババロアです部屋のお礼にあなたにあげましょう
これはこれはけっこうな物を

もう口説く必要のないこの人と　ちょっとおいしいものを食べたい

枡野浩一

FRONT
はじめてのお客さんがいいお客さんで本当によかった
ぼくが大のババロア好きであることもちゃんと知っててくれてるし
すいません挿入する前に彼女が死んでしまったので帰ります
ええっ!!
それはそれは……
何と言っていいものか……

男が女をホテルの庭に埋めると、
そこからかわいい花が咲いた
そして、それを眺めているうちに
男も花になってしまったのだった

死ぬくらい気持ちいいことしたあとで　やけにかわいいものが生まれた

枡野浩一

せっかくの
お客さんだったが
花になってしまった以上
カウントするわけには
いかないなあ
今月の客
ゴシ
ゴシ

黒板に書く字は白い　そのようにわたしの色を決めてきたんだ

枡野浩一

バラバラバラバラバラ
この老いたマッサージ師をヘリでわざわざ呼んだのはあなたですかな
そうですなにぶんお金だけはあるもので
ちょっといろいろあって疲れてしまいまして
ギュッ
ギュッ
ギュッ
せっかく社会のためになることをしているのにどうしてうまくいかないのだろう

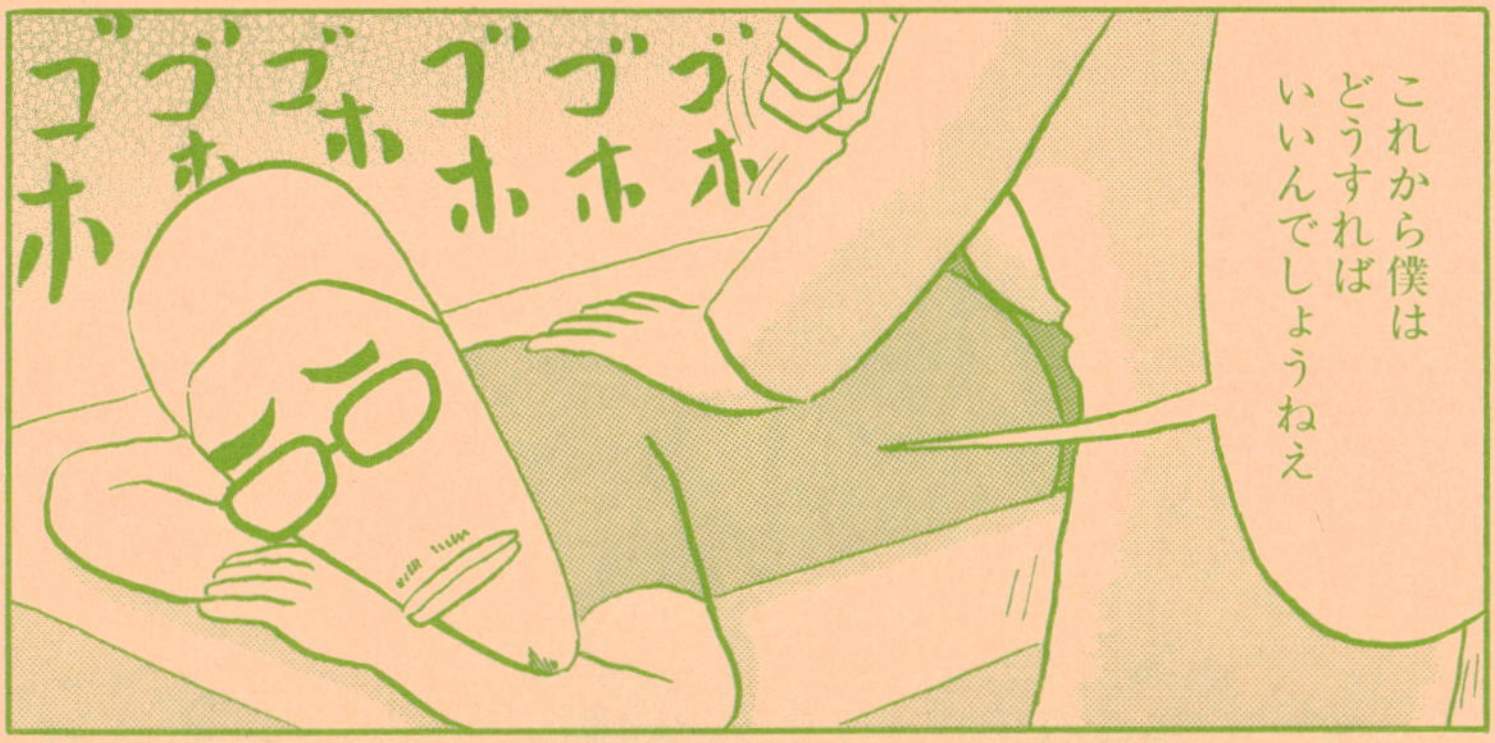
ゴホゴホゴホゴホゴホゴホ
これから僕は
どうすれば
いいんでしょうねえ

指圧師は咳をしつづけ右脚の痛みほぐれていく午前二時

枡野浩一

ゴホ ゴホ ゴホ
人のセックスより
自分のセックスのことを
考えたほうが
いいのかもなあ
ゴホ ゴホ ゴホ
ゴホ ゴホ ゴホ
いやそれよりも
もう一度結婚する
ことを考えたほうが
いいのかも
ゴホ ゴホ ゴホ ゴホ
なんかずいぶん
セキがひどい
ようですが
大丈夫ですか
すいません
私は
病気でして

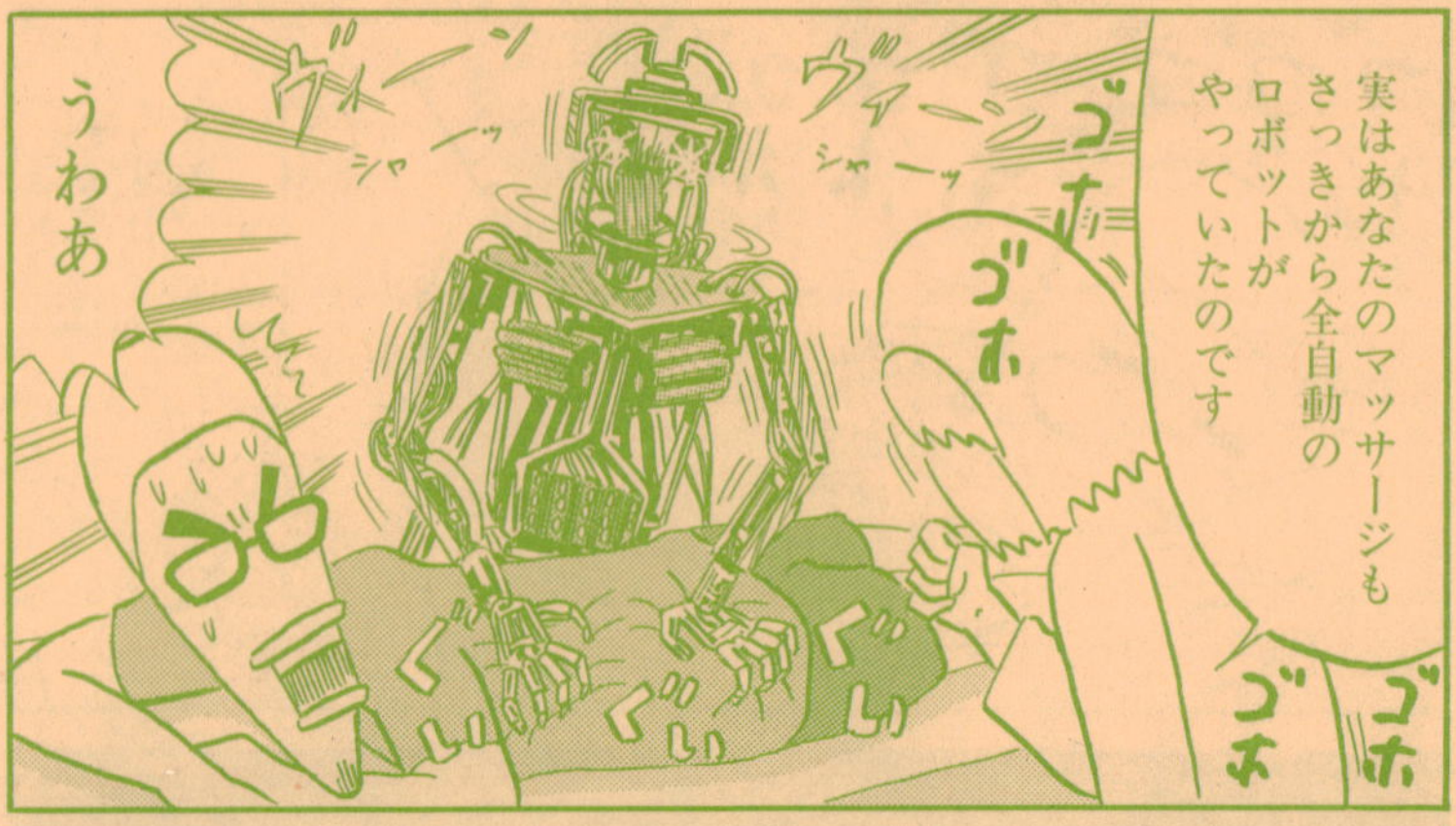
実はあなたのマッサージも
さっきから全自動の
ロボットが
やっていたのです
ゴオ
ゴオ
ゴオ
ゴオ
ヴィーン
シャーッ
ヴィーン
シャーッ
ぐい
ぐい
ぐい
ぐい
うわあ

ひとりしか選べないのが結婚で　オール電化はなんだか怖い

枡野浩一

でもまあ
体は軽くなった
バラバラバラバラバラ
さーてと
これから
どうしようかなー

かつてカフェ経営の夢を抱いていたマスノは、セックスの終わったカップルに自分の淹れたコーヒーを供してやろうと考えていた
コポ
コポ
コポ
コポ
コポ
コポ
しかしそのコーヒーもまだ他人に飲ませることは叶わずにいる
他人のために生きるということ……
自分のために生きるということ……
ん？
ラジオ？
あのマッサージ師が忘れていったのかな
カチ
あ、この歌……

この歌は名前も知らない好きな歌　いつかも耳をかたむけていた

桝野浩一

その歌は
マスノの様々な思いを
包みこみながら
他に誰もいない森に
静かに滲《にじ》んでいった
終

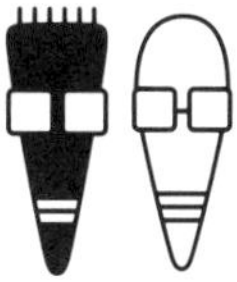

12時間対談

吉祥寺カフェ巡り

本書刊行にあたって、
金紙いきつけのカフェを転々とハシゴし、
朝から晩まで長い長い対談をすることに。

台風による大雨をものともせず、
金紙は店が変わるごとに、
Tシャツを着替える張りきりよう。

1軒目

10:00

Narrow K's

吉祥寺駅北口出て左、「31」のビルの2階。紅茶がおいしいカフェ。

こんど出る青春小説の舞台にもなってます。(金)

二人のオーダー
枡野：ブレンドティー（牛乳つき）、スコーン
河井：ロシアンティー、クロックムッシュ

離婚直後食欲ないときよく食べたメニュー。(金)

本当はジャムは中に入れずに、なめながら飲むらしいっす(銀)

枡野：（窓外を眺めて）こんな台風の日を狙って、自転車を撤去してますよ。ひどーい。

河井：「台風が来ようっていうのに、ほったらかしにしてるんだから、いいや」ってことだよ。吉祥寺はよく自転車放置、問題になってるよね。

枡野：置けるとこ全然ないもん。ローラースルーゴーゴーみたいな乗り物……あ、「キックボード」か。あれが流行ればいいって、思ってたんだけど。小さく畳めるから置き場に困らないでしょ。

河井：あれは乗る人を選びますよ。女の人は抵抗あるだろうし。

枡野：僕持ってたけど、あんなのに乗ってたら珍しい人になっちゃうから、友達にあげました。

河井：珍しがられるの、いやなんだ。

枡野：ただでさえクリーニング屋のおばちゃんとかに、『しゃべり場』（NHK教育『真剣10代しゃべり場』、2006年3月で終了。枡野は何度かゲスト出演）見ましたよって言われるんだよ。元不登校の10代たちと話をする特番でレポーターやったんだけど、「いつもああいう子を相手にして大変ねえ」って……。いつも相手にしてるわけじゃないのに！　キックボードなんか乗ってたら、さっそくネットとかに書かれちゃう。「枡野浩一が年甲斐もなくキックボード乗ってた」って。

CMに出たあとも
なんかいろいろ
言われました。
（金）

枡野：NHKっていえば、人気番組の『ピタゴラスイッチ』を監修してる佐藤雅彦！　あの人の『毎月新聞』（毎日新聞社）って本が売

この本のブックデザインはこじままさき。伝説のミニコミ「BD」編集長です。（金）

れたのが羨ましくて……。毎日新聞に、月一で載るから『毎月新聞』。新聞の連載を新たにレイアウトし直してるのに、新聞の紙面みたいに見えるブックデザイン。何そのブレのなさ！　ものすごく負けた気持ちになっちゃった。

河井：感心するのはわかるけど、なんで負けた気になるの？

枡野：僕も同じ時期に毎日新聞で連載コラム書いてて、それをまとめたエッセイ集（『日本ゴロン』／毎日新聞社）を出したんだよ。もちろん佐藤雅彦のほうが有名だけど……。あんな変わったサイズの本、売れないと思ってた。本に新聞書体つかうことは僕だって思いついたけど、マニアックだからやめておいたわけよ。それを堂々とやって売れたっていうのが「ヤラレタ」って感じ。佐藤雅彦って、すごくいいものとダメなものを同時につくるんだよね。そこが天才っぽい。たとえば『毎月新聞』の中の3コマ漫画は、「これ見て、どう思えっていうの!?」ってくらい、つまらないんだよ。NHKのブックレビュー番組でそう力説したら、放映ではカットされてたんだけど……。

はにはじめ八二一さんのねこの写真集つき！はっちゃんで大ブレイクした今表紙をはっちゃんの写真にして文庫化してほしい。（ます）

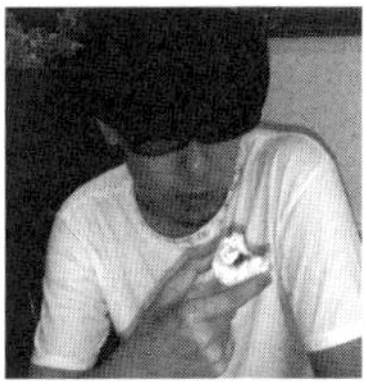

河井：わざとやってるのかもよ。

枡野：そうかと思うと、『だんご3兄弟』ヒットさせたりするじゃん。自然につくるとああいうふうになるとしか思えない。あの天才すぎる感じって何？　だって「だんご」で「タンゴ」だよ？

河井：たしかにすごいベタだけど。

枡野：辻褄も合ってないんだよー。普通、棚にだんごを放置して固くなりました、チャンチャンで終わりじゃない？　なのに、「春になったらナントカ〜」って突然、だんごが復活しちゃう。佐藤雅彦は慶應大学で先生してるんだよね。学生は皆、ついてけるのかな？

河井：佐藤雅彦に教わったからって、同じようにできるようにはならないでしょうけどね。真似しようとしてできないことって、けっこうある。

枡野：河井さん、倉田真由美さんの絵を真似して描こうとしたら描けなかったんでしょ？

河井：線が単純すぎて似なかったの。

ゴブカで対談したので「さん」付け。（金）

ニャ夢ウェイ（ロッキング・オン）の「だれゅんず うぉ〜か〜」の回（鋸）

こんなの。
俺下手だけど（銀）

枡野：『今日の猫村さん』（マガジンハウス）とかも鉛筆でラフに描いてるから、真似するの難しいのかな。ああいう作風って漫画家から見るとありえない？

河井：ありあり。大あり。

枡野：あの絵で漫画を成立させるってすごいよね。コマの大きさも全部同じだし。

河井：漫画に背景とかって必ず必要ってわけでもないですからね。

枡野：昔の少女漫画って、背景に縄みたいなものがぐるんぐるんしてない？

河井：あれはナワアミっていうんだけど、すごく便利！　あれ描いておけば、もしかして、なんとなーく悪い方向に向かってるんじゃないか、という状況とか感情を表現できるんですよ。

枡野：漫画ってけっこう、額に汗描いてあったりするじゃない？

河井：あれもそう。笑ってても汗がひと粒あると、複合的な意味が出るんですよ。僕、今やってる連載（『クリスチーナZ』／青林工藝舎より単行本化）では、「感情表現としての汗」を描かないこ

関係ないけど『AKIRA』ってコマの大きさにあまり必然性ないっていうか全部大ゴマにするほうが……。（金）

とにしてるんです。感情がぜんっぜん伝わってこなくて、ちょっと面白い。あとね、さっきの似せるって話で言えば、松尾スズキさんと一緒にやってる「チーム紅卍」（最新共著は『ニャ夢ウェイ』／ロッキングオン）で、いろんな人の絵柄を真似してるんです。でもジョージ秋山の絵がどう描いても似ない。おっかしいなーって「こうかな？」って、登場人物の首を全部曲げて描いてみたら、似た。

枡野：ジョージ秋山って、自分の首も曲がってるのかな？　胸の大きい女性漫画家は、女性の胸を大きく描いちゃうって、元妻が言ってた。

河井：たしかに人体を描くときって、自分の体が見本になったりしますね。僕は太った人、描くの苦手だし。あと、円とかフリーハンドで描くと、右上がりにゆがんじゃうんですよ。昔、古屋兎丸さんに聞いたら、そもそも人間の身体はゆがんでるからだと。

枡野：河井さんは、そういう絵のゆがみって直してるの？

河井：時々、ゆがみを直す意味なんてあるのかなあって思っちゃう。

ただいま不適切な発言がありました。（金）

（実際はジョージ先生のマネをしたのは単行本未収録の紅卍作品「おあいそブルース」（コミックH 2002 vol.8））

枡野さんと話してると向こうの変な発言とバランスとろうとするからか、つい極論を言いがちになる私。このへんもちょっとそうなりかけてる（銀）

枡野：意味あるに決まってるでしょ！

河井：そうかな。同業者に下手だと思われたくないだけかもしれない。だってゆがんだ絵でも、世界観が伝わればいいじゃん。直すと勢いがなくなったりしちゃうし。

枡野：ああ、それは短歌でもあるな。美しくないけど、この言葉は替えがきかないって時は直さない。元妻なんか自作の誤植に気づいても、たとえ増刷がかかった時でも直さないって言ってたよ。信じらんない！

それを直せと言ったのがいけなかったのかな……。（金）

河井：僕も、めんどうくさいのが先立って「ここの絵、まちがってるけど直さない」っていうのありますよ。

枡野：「みんな気づかないから大丈夫」って言うの。大丈夫じゃない！　気づくって！　そういう人なのだと、その時点で肝に銘じとくべきだったーー！　そういう人は、別れた夫と子供を会わせたりしないわー。

!!

河井：それは知らないけどさ。

枡野：まちがいを直さないっていえば、歌人の穂村弘さんだよ。あの人、短歌の中で「ドラえもん」の「ドラ」をひらがなで書いてるのね。だから僕、『ドラえもん短歌』（小学館）の中で、《自分のまちがいをまちがいのまま通用させたい、世界のルールなんてクソくらえという「わがまま」ぶりが、穂村弘の短歌のチャームポイントなっています。》って紹介したの。いいじゃん詩だから……と思ってる。西荻窪を「花荻窪」って書いて、平気なわけよ！

ほむらさんのファンは自分の名前をひらがなで書く人が多い。（きん）

河井：え。花荻窪って？

枡野：『現実入門』（光文社）というエッセイの中で、花荻窪に新しい部屋を借りた……って書いてあるの。

原文のとおりではなくて要約です。（金）

河井：詩人だなあ。

枡野：なに、その詩的かつ私的な発想！　はなおぎくぼぉ？　西荻窪は西荻窪でしょ！　ぐっとこらえて西荻窪って書くのが社会人でしょ！　なのに書評家も、「さすが詩人、西荻窪が花荻窪と書かれることで今までのエッセイがすべてフィクションであったような、不思議な感覚とらわれた」とかなんとか褒めちゃってさ！

河井：じゃあ、お笑いの「よゐこ」はいいの？　あれは歴史的仮名遣

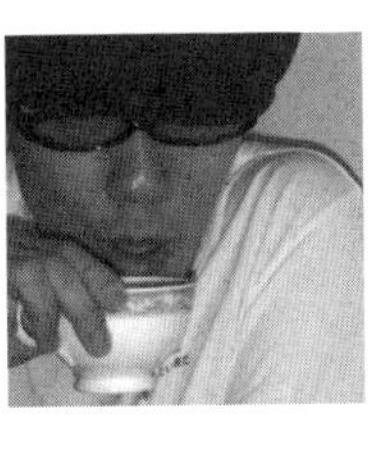

いだとまちがってるよ。

枡野：そこまでひどいと「あり」かも。名曲『シクラメンのかほり』も、ほんとうは「かほり」じゃなくて、「かをり」なんだよ。そもそも、シクラメンに香りはないらしいよ。

河井：え？

枡野：あの曲の場合は、「かほりってほんとうはかをりなんだよねー」とか「シクラメンって香りないんだよ」って情報が、ちゃんとつきまとって流通するじゃない。

河井：へー。僕その話、初めて聞きました。

枡野：でも、そういうふうにまちがったままちゃんと流通していることって、そんなには多くないでしょ。

河井：だからやっぱり「ドラえもん」の「ドラ」はカタカナ？

枡野：作者がそう言ってるんだよ。それを尊重しないわがままは、僕が許さない。

河井：「僕が許さない」。

枡野：僕はいつだって世界のルールに寄り添いたいって思ってるから

「真鍋かをり」は正しい。(金)

天国で。(金)

ね。みんな、そんな僕のことを誤解してるみたいだけど……。

やまだないとさんにも誤解された。（金）

河井：枡野さんはねえ……。パッと見は普通に見えるから。だけどほんとうは変人なんですよ。枡野さんが普段から兎の耳つけてバニーガールの格好して歩いてたら、「枡野さんって変人！」って指さされるけど、見た目は普通だからわかりにくい。枡野さんのことをあんまり知らない人が、何かの拍子に枡野さんの変な部分に出くわすと「ああっ、枡野さんがまちがって変なことしちゃってる！　言ってあげなきゃ」と思っていちいち注意しちゃうんですよ。

枡野：なんかみんな、いろいろ言ってくれるよねえ……。

河井：それに対して枡野さんはまた、「いや、僕はこうしたくてこうしてるんですけど」って、いちいち言い続けてる。ほんとうは変人のくせに、そう思われたくないのは、なんなんですか？

枡野：変人じゃないし。この世界に溶け込みたいの。穂村さんみたいに「詩人だから西荻窪を花荻窪と呼ぶ」っていう態度は腹立たしいの。

河井：　枡野さん、それは嫉妬。たしかにどっちがまちがってるかっていったら穂村さんですよ。枡野さんならずとも、この表記はまちがってるってわかるじゃないですか。なのに穂村さんは平然としてるから「そう言えちゃえば楽でいいよ！」っていう嫉妬なんですよ。「僕はちゃんと気にしてルールを守ってるのに……」って。

枡野：　あー、にくたらしい！

ひらがなにしてみました。（金）

河井：　リベラルな図太さ、ちょっとうらやましいな。たしかに、一般大衆は無視してますね。

枡野：　それでもついてくる人だけが読者になればいい、ってタイプ。

河井：　わかる人にはわかる。

枡野：　そんな最初から読者を選んでどうするのって思うよ。だけど、意外とそういう穂村弘のエッセイのほうが、枡野浩一のエッセイより人気あったりするから、いっそう悲しい……。関係ないけど南Q太の『クールパイン』（祥伝社）っていう漫画もね、タイトル考えてるとき飲んでたジュースの名前なんだよ。タイトルというものをなんだと思ってるんだろう！

最近もう見ない。（金）

もういいじゃないですか（銀）

ちょっと元妻に似てる。(金)

河井：なんでそんなに怒ってるの？

枡野：だって商品名よ？「ドクターペッパー」みたいなもんよ？しかもジュースメーカーに許可とらないで本のタイトルにしてるんだよ！　ま、話の中身はすごく面白いんだけど……。僕の本より圧倒的に売れてるし……。

男性におすすめ。(金)

「……」。(金)

2軒目

11:50

darcha

五日市街道沿いの雑居ビル、花屋の二階。眼鏡の似合うお姉さんが切り盛りしているカフェ。本棚には南Q太の漫画も……。

二人のオーダー
枡野：ブレンドコーヒー、冷やし中華
河井：ハス茶、ピクルス

河井：あ、枡野さん。ここに来る途中にプレゼントを買いましたよ。

枡野：何ですか？

河井：「口琴」っていう楽器。ほら、モンゴルの民族音楽でホーミーと一緒によく鳴ってるやつ。（実演。口にあててビョンビョン鳴らす）

枡野：えっ、ぴょんきち？

河井：口の大きさを変えると、音程が変わるんです。この部分を歯に当てて、「いー」みたいな感じ。やってみて。

（枡野挑戦）

河井：そうじゃなくて。

枡野：難しいよ！

河井：難しくないよ！

枡野：♪〜"&#!"×`;(* これクリアなサウンドになるの？

河井：なりますよ。

枡野：そんな器用なことできないです。これをつかってるバンドとかあるの？

河井：あると思いますよ。

河井さんはギターもすぐ上達するし器用!!（金）

ひらがなにしてみた。（金）

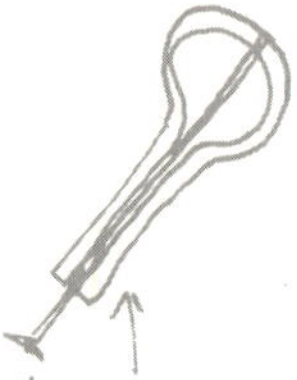

口琴
(Jaws Harp)
ここを口にあてて
ここを指ではじいて鳴らす（銀）

たまにおにぎりとかは食べます。（金）

枡野：ふーん。ありがとうございます。

（口琴演奏あっさり終了）

河井：ここも枡野さんお気に入りのカフェ？　よく来るの？

枡野：僕は食事は原則として、ほとんど全部カフェですよ。朝はとらないけど、昼はカフェで食べて、夜もカフェ。

河井：コンビニ弁当とか、食べないんですか？

枡野：食べない。コンビニ弁当食べると、みじめにならない？

河井：「コンビニ弁当＝みじめ」っていう公式が枡野さんの中にあるからでしょ？

枡野：というか、今の僕とコンビニ弁当って似合いすぎて悲しいでしょ。バツイチとコンビニ。カフェはね、食べ終わったあとに本を読みながらお茶を飲めるのがいいんだよ。

河井：毎食後？　あ、でも枡野さんと一緒に飯食うと、たしかに必ず

何か飲んでるわ。

枡野：しかも夜は、もう一度うちの前のカフェでコーヒーを飲んで、「おやすみなさい！」と店長夫婦に言って、部屋に帰って、寝る。

河井：おしゃれ文化人だなあ。僕は忙しい時はコンビニで、のんびりの時はファミレス。

枡野：ふーん。部下の実家に住んでた頃は、夜やってる店がデニーズしかなかったから、よく行ってたけどね。店員さんが僕を覚えてて、前回忘れてたサインペンを渡されたりして……あれは恥ずかしかった。

河井：ファミレスのほうが、ほっといてくれません？

枡野：ほっといてくれるふりして、じつはペン忘れたことまで把握してるんだよ。きっと「あの人また来てるよ」って言われてたな。ねえ、朝方のファミレスって、いつも別の店の店長が部下やバイトを叱ってるイメージない？

河井：ないです。

枡野：それとファミレスは、元妻が仕事で忙しい時、子供たちにごは

忙しくて さいきんは ずっと コンビニ （銀）

やっぱり 叱ってる と思う。 （金）

赤ちゃんだった息子の(金)

ん食べさせてた。一人を抱えて、もう一人を子供椅子に座らせて……。その残像があるんだよ。子供に優しいのはデニーズね。充実した子供用メニューと、ピングーの絵のついたエプロン……。

女の上の子。(金)

枡野：こないだ僕の好きな人が、『木を植えた男』（あすなろ書房）っていう絵本をプレゼントしてくれたのね。人々が飢えに苦しみ、いがみあってた貧しい土地に、一人の男がこつこつ木を植えて、やがて森になって、土地が豊かになった、でもその男の隠された努力は、だれも知らない……っていうようなお話。いい話なんだろうけど、「だれにも言わず一人でコツコツやるって、非効率的だよね。みんなに声かければいいのにね」って言ったら、僕の好きな人、悲しそうな顔をしてたな……。

あとで出てくる人です。(金)

河井：枡野さんは、言葉を武器にしてきた人だから、なんで言葉をつかわないの？　って思うんじゃない？

枡野さんと一緒に海外旅行したとき
飛行機でもホテルでもずっと
村上春樹の悪口を言っていた。
もちろん日本でもずっと言っています。(銀)

枡野：頼ったり頼られたりして、人は初めて大人になるのにね。一人で全部やってるその男は、じつは子供じみてるよ。

河井：でもそれって、「木、植えちゃおう」って好き勝手に木を植えてた人が、あとから「偉いな～」って評価されただけでしょ？

枡野：いやあ、苦行のように植えてる印象だったよ？　だいたい、まったく人に助けを求めずに、何十年も一人でコツコツやるのは嫌味だよ。

河井：木を植えるのが単純に好きなら、べつにいいんじゃないですか。

枡野：でもきっと内心では「俺が木を植えてることはだれも知らない。だけど世界を救ってるのは、じつは俺」って思ってるんだよ。あぁやだ、そのヒロイックさ！　寒気がするわ。僕のとても嫌いな人物像、村上春樹を連想させる。「なんでも一人でできます。孤高で無口な俺。飼ってる猫は拾ってきた雑種じゃなくて、血統書つきのアビシニアンとかチンチラとか。昔、ジャズバーやってました」。『世界の終わりとハードボイルド・ワンダーランド』（新潮社）は、そういう話だよね。

よく覚えてません。ごめんなさい。(金)

知らないけど。(金)

「しあわせの石のスープ」
ジョン・J・ミュース著
（フレーベル館）
（銀）

河井：そうでしたっけ。

枡野：もう忘れたけど、「世界を救ったのは俺だということをだれも知らない」みたいな話だったよ、たしか……。なのにみんなうっとりしちゃって！　よく若者が親からお金貰わずに、バイトして自立して一人で暮らしてますって自慢するけど、かといって年老いた両親を養ってるわけでもないじゃない？　自分で「一人暮らし」っていうラインを引くから、自立してるように見えるだけでしょ。『木を植えた男』も、一人でやってたら、ある少年が手伝ってくれて、その結果もっとうまくいったとか、そういう感じなら納得かな。

全然ちがったらごめん。（金）

河井：じゃあ「石のスープ」って童話は？　中国の話で、貧乏な村にやってきた賢者が、村人にそのへんの石でスープをつくってあげるよって言うんです。大きい鍋を用意して、水と石を入れて火を焚いて待ってると、そのうち見物人の中に「うちに塩があるんですけど、入れたらひょっとしておいしくなるんじゃないですかね」とか言いだす人がいて、賢者は「そうですね」って塩を入れ

「ミラクル・ペティント」って映画はすごくいいですよ（銀）

させる。で、「うちに野菜くずがあるんですけど」「うちハーブあります」とか、いろんなものがどんどん入って、結果的にすごくおいしいスープができて、あー、おいしかったってみんなが喜ぶ話。たぶん、賢者はそれを見越して言ってるわけですよ。そういうのは好き？

枡野：いい加減な性格のやつが考えもなしにやったら、それが意外と功を奏したっていう話だったら、より好み。「お前の野菜くず、いいダシになってるぞ」「えへへ」みたいな話。

河井：馬鹿がよってたかって、偶然いいものができちゃうっていいですよね。

枡野：たまたま、駄目になったり、うまくいったりするのが世界だよね。

河井：あ、ちょっと矛盾するけど僕は「花さかじいさん」も好きなんですよ。「昔々あるところにいいおじいさんと悪いおじいさんがいました……」って始まるでしょ。その一文だけで面白い。「いいおじいさん」と「悪いおじいさん」っていうのが、すでにアイ

デンティティとして確立されてる。

枡野：あ、なるほど。悪いおじいさんが時には優しかったり、しないんだよね。

河井：そうそうそう。根っからの悪人なの。面白いのは、いいおじいさんが自分の善人さに縛られ過ぎてる。隣の悪いおじいさんに「犬を貸してくれ」って言われても貸さなきゃいいんですよ。でも、自分はいいおじいさんだから貸さなきゃって、アイデンティティに忠実なところがいいなあ。

河井：民話や童話の「めでたしめでたし」って漠然さが、僕の幸せのイメージなんですよ。

枡野：僕の幸せのイメージは、ちょっとでも悲しいことがあると駄目になってしまうもの。たとえば飲み水におしっこが一滴入っただけで、全部が「おしっこ水」になっちゃうような。

このへんは私の本『あるきかたがただしくない』の解説まんがをあわせてごらんください。（金）

河井：幸せは奇跡的に水だけでできてる状態。

枡野：あとはさ、「過去の解釈」になっちゃうよね。あの水、じつはおしっこが入ってたけど、意外においしかったとか……。

今から振り返ると（金）

河井：高校生の頃、大好物だった店屋物のチャーハンを食べてて。半分くらい食べた時に、当時つきあっていた女の子から電話がかかってきて、それが別れ話だったの。いろいろ、つらいやりとりして電話を切った。目の前の食べかけのチャーハンは、さっきまではおいしいチャーハンだったけど、もはやまずいチャーハン。

枡野：幸せって、はかないね。もともとはおいしいチャーハンだったから、余計に悲しみが増すね。

河井：もっと卑近な話だと、牛肉の大和煮がすっごい好きで缶詰よく買って食べてたんです。ところがある日食べ過ぎてゲロ吐いちゃって、それから嫌いになっちゃった。幸せの象徴が、ある日を境に、そうじゃないものになる。

たしか「背負い水」とか言うんだよね。（金）

枡野：僕の『かんたん短歌の作り方』（筑摩書房）っていう本は、それだ。

河井：南さんに会って幸せだった頃に書いてるから、枡野さん、は

夢野久作の「瓶詰の地獄」ってそんなようなハナシ（銀）

しゃいでますよね。

枡野：しかもあれを読んで、「枡野さんと南さんは理想のカップル」ってネットに書いてる人がいて。別の人に「もう別れたよ！」とか、つっこまれたりしててね……。

ミクシィで……。（金）

河井：あの本、読み返すのつらいですか？

枡野：いや、もう今は冷静に読み返せるし、あのころ幸せだったんだなって思えるよ。今となっては笑い話だけど、離婚問題で相談に行った弁護士さんが『かんたん短歌の作り方』を読んでくれてて、サイン求められたのね。表紙の絵は元妻が描いてくれてるの、あれ。

河井：今から別れようっていう時に。枡野さんのファンも、枡野さんが今書いてる離婚の愚痴を読んで、そのあと『日本ゴロン』とかの夫婦の話を読んで、さらに『かんたん短歌の作り方』でなれそめ読んで、っていうふうに辿ればいいのかな？

枡野：そうだね。僕にだって、幸せだった時期、あるんだよ！　思うんだけど、カップルは端から見て「幸せそうだねー」って思われ

ることも大事だよね。

河井：たしかに。本人たちは幸せでも、端から見て「なんだー、不倫か」とか悪意の目に晒されてると、必ずしも幸せに見えない。昔の話ですけど、新沼謙治がなんかの雑誌のインタビューで「俺は絶対アグネス・ラムと結婚する」とか言ってるんだけど、実際にはバトミントン選手と結婚して……。まあその人は正直「美人」とは言えない感じで。

枡野：最初から「俺はすごいユニークな顔が好きで……」って言ってたらよかったのにね。たとえばヤワラちゃんだって、会えばすごくチャーミングで面白い人なのかもしれないのに、だれも祝福してあげてない感じがかわいそうだったね。「谷選手、もっといい女と結婚できたのに」って言われちゃうじゃない？ 幸せって、自分の中にもあるけど、外から見たイメージだよ。僕が吉野家に行かないのも、吉野家にいる枡野浩一が他人の目にはみじめに見えすぎて、だれもが枡野浩一に同情してしまう……そんな構造は神様に対して申しわけないと思うからなんだよ。

「𠮷」が正しい。(金)

ていうか吉野屋はむしろ好き。(銀)

要約です。(金)

河井：なにそれ。僕だったら、むしろ自虐的な気持ちで行きますよ。わかりやすく自分を惨めにして、反動を期待するの。

枡野：「こんな俺には吉野家の牛丼がお似合いさー！」って感じ？

枡野：僕、ブログで日記書いてるじゃない？（『こんなにもふざけたきょうがある以上』……現在は休止）こないだそこに、そこそこ名の知れたクリエーターの人が、「である調」の文章で「枡野浩一の離婚エッセイは食傷気味」って日記を書いて、トラックバックしてきたんだよ。

河井：そういう人は、枡野さんの文章、読まなきゃいいのに。

枡野：まるで、会ったこともない俯いた人が「これ書いた。見る？」って、手紙を差し出してきた感じ。僕が今直面してる一番大きな問題は、子供に会えないことだから、魂をこめて原稿書くと、どうしてもその話が出てきちゃうんだよ。もう大人なんだから、周囲

また別のところで始めました。タイトルは同じ。(金)

2004年4月あたまから2006年6月末までやっていました。（金）

が求めてるものを書かなきゃいけないのかな……。河井さんはそんなこと思わない？

河井：思わない。

枡野：そう……。自分にとって重要なことを本気で書いていくことが、読者にとっても面白いことなんじゃないかと思って書いてるんだけど「食傷気味」とか言われちゃう。ネタは同じでもその都度ちがうことを書いてるつもりなんだけど。そもそも僕という個人のフィルターを通して世界を見て、あれこれ書いてるわけだから、エッセイの読後感がひとつの場所に着地するのは「あり」だと思うんだよね。ピカソの「青の時代」のようなものというか……。同じモチーフによる変奏曲って感じ？

言いすぎかも……。（金）

河井：詩的な言い回しですね。まあ枡野さんの話を面白がるには、読者の側に技術が要りますけどね。

ようするにあまり同情しないことなんですが（銀）

枡野：「かんたん短歌blog」（短歌の投稿を受けつけるブログ。現在は休止）にトラックバックされた感想だってさ、「これからも枡野さんの離婚話に辟易しながらも短歌をつくって投稿し続けま

す」（意訳）とかいうんだよ？ なんだ、それ！

河井：枡野さんには「辟易します」とか言ってもいいと、ファンの人は思ってるんですよ。たとえば、くらたま（倉田真由美）さんだって同じこと書き続けてるけど、「食傷気味」なんて言われないでしょう？

枡野：そうだよね。「だめんずの話ばっかりで食傷気味」とか、だれも言わないよね。

河井：でも、親戚のおばさんがずーっと離婚の愚痴を書いてたら嫌だもん。なまじ親戚だから笑えないし。枡野さんの話を読んでる人たちもそれと同じで、ある程度、感情移入しちゃってるから笑えないんですよ。

枡野：まあ、当事者である僕も、「笑える」とは思ってないけどね。

河井：枡野さんの書き方も「面白いでしょ？ アッハッハ」って感じじゃないし。

枡野：「あ、この人の離婚ネタは笑ってもいいんだ」って読者は思わないのかな。

「笑ってくれればいいのにー」とは思ってます。（金）

「可哀想でしょ？ グスングスン」（銀）

ちょっと このへん 乱暴な言いかたですが、
ちゃんと説明すると長くなるので
また別の機会に。（銀）

河井：あんまりわかりやすくしちゃっても、面白味がなくなるけど。枡野さんの離婚話は、無責任にならないと面白くないですよ。僕も、南Q太さんが「フィール・ヤング」に離婚のことについて描いたエッセイ漫画は、読むのがちょっと怖い。枡野さんの話を面白がって聞けなくなっちゃうんじゃないかと思って。

枡野：ああ。あれ、すごかったよ……。事実とちがうこと、平気で書いてるの。向こうが離婚訴訟を起こして僕に慰謝料三百万円請求して、それが裁判所の判断で認められなかったのに、そのことは一切書いてないし……。僕が毎月振り込んできた養育費も、貰ってないみたいな感じで書いてあったし。エッセイ漫画じゃなくて、あれは「物語」だね。

河井：読者投稿を四コマにする「本当にあったナントカな話」って雑誌あるじゃないですか。あれ見てていつも思うのは、手慣れた作家さんほど自分を消すんですよね。「こんな気持ち悪い人がいたんですよ」ってネタのとき、うまい人は自我を出さずにそのまま描くんですよ。「ああやだ、気持ち悪い人！」としか描かない。

のちに「言語道断」という雑誌で反論。したら後日まったく同じ作品を別冊付録としてまた載せてました。（金）

下手な人だと、中途半端に気持ち悪い人の立場とかも考えたりしちゃって、漫画がつまらなくなる。

枡野：ああ、それだ！　河井さんたちと行ったウズベキスタン旅行で、ずっとくよくよ考えてたのは、そのこと。「他人への想像力のなさ」が、物書きには必要なんじゃないかと、突然ひらめいたの。元妻はああいう人だから、人気あるんだろうと。それはやっぱり才能だな、って。

せっかく外国にきているのにそんなこと考えてたのか（銀）

もちろん私自身にもその才能はある。（金）

河井：やっぱりそういうのは女性作家が……。

枡野：「かわいそうな私」っていう主観にどっぷり浸って描いて、それがダイレクトに読者に伝わるんだね。僕が旅行でつかんだのは、それ。

ようするに思いやりのない人です（銀）

枡野：あれ、河井さんピクルス好きなの？

私も好き。（金）

河井：すごい好き。昔はこれは何？　って存在理由がわからなかった

けど、最近酸っぱいものが好きで好きで。カップのもずく酢、常備。

枡野：食べ物の好みが変わるのって、よくないよ。疲れてるんじゃない？

河井：疲れやすくはなってるけどね。枡野さんは、おおむね順調？

枡野：子供に会えてないこと以外は。こんなに望んでるのに叶わないことって、どうしたらいいんだろう。みんな、あきらめていくのかな？

河井：まあいいやと思うんじゃないですかね。でもほら、枡野さんの子供に会いたいという望みはとても限定されたものだから、難しいよ。たとえば作家になりたいとかいう希望は、ゴールの面積が広いというか、思い描いてたルートとはちがうけど結果的に辿り着いた……っていうこともあるけど。

枡野：若い人ってよく、カフェやりたいけどできないとか、映画監督になりたいけどなれないとか言わない？

河井：それがほんとうにやりたかったら実現しますよね。みんなカ

『あるきかたがただしくない』参照。（金）

最近そうでもない（銀）

親権をとる

元妻より自分のほうが幸せなのではと考えてサイバンはやめることにしました。

フェとか映画監督は建前で、本音は有名になりたいとか、チヤホヤされたいだけなんだよ。

枡野：じゃあカフェやりたいとか言わないで、チヤホヤされたいって言えばいいのに。

河井：安彦麻理絵さんのエッセイ漫画で、そういうのありましたよね。

枡野：あったあった！「インタビューされる人になりたかった」ってやつ。あれを正直に書けたのは、安彦さんのすごさだよね。ネットで「何々バトン」が流行ったりするのって結局、だれもが「インタビューされたい」からでしょ。

河井：僕は最近、自分にはヒューマニズムみたいなものが薄いんじゃないかって思うんですよ。この前、親に久々に会ってね、そういえばずっと会ってなかったなー、でも全然平気だったなあと思って。

再婚おめでとうございます。（金）

ていうか、
こういうこという人は
死にませんよ（金）

枡野：河井さんはクールな人だなって、よく感じますよ。

河井：女の人に対して……。

枡野：だれに対しても。僕があした自殺しても、ほんとうにあっさりしてそう。「死んでよかったんですよ。枡野さんにとっては面白い人生だったんですよ」とか言いそう。

もっと
クールな
こと言いそう。
（金）

河井：いやいや、そんなこと言わないですけどね。ちゃんとお線香上げに行きますよ。

枡野：それはそうだろうけど。知人の死を受けて、自分はどう生きていけばいいのかなって、考えない？　河井さんは考えないよね？

河井：こう、なんで死んじゃったんだろうって考えて、「あ〜そう……かわいそうに……」って。……僕は最近、つらいこともないんですよ。

枡野：逆にまずいよね。

河井：さらに面白いことも、ない。雑誌で近況欄に書くことなくて、最近すごく面倒なんです。

枡野：フィクションを書けばいいじゃん。前に「またパイプカットを

ちょっと
興味
ある。
（金）

しました」とかって書いてたじゃない？

河井：「二度目のパイプカットをしました」。

枡野：僕ちょっと信じましたよ。二度目なんだ……自分で言う人って珍しいな……って思ったもん。

すっかり

河井：そういう嘘をつくのも飽きてきた。っていうか、すでに「こないだ伊豆に行きました」とか、ギャグじゃない単なる嘘を近況欄に書き始めてる。

枡野：ずっと同じの書いてれば？　「金紙&銀紙の本、制作中」って一年くらい書いてるの。「金紙&銀紙の本、打ち合わせ中」、「金紙&銀紙の本、ゲラチェック中」、「金紙&銀紙の本、印刷中」……。

作業が（おもに金紙のせいで）おくれて本当にそうなった。（銀）

3軒目

14:15

Passatempo

枡野浩一著『あるきかたがただしくない』（朝日新聞社）にも出てくる、迷ってしまうような場所にあるカフェ。

二人のオーダー
枡野：スパイシーチャイ
河井：スパイシーチャイ
みんなで：フォンダンショコラ

河井：ここ最近、枡野さんが男らしくなってる気がしてて……。

枡野：全然そんなことないよ。

河井：女々しくなってる？

枡野：相変わらず、くよくよしてる。僕、ずーっと「親切・常識的・生真面目人間」っていうセルフイメージがあったんだけど……。

河井：たしかに枡野さん、内面は別として外見は一見まともだもんね。

ホントに全然そんなことなかった（銀）

ウェブで読みました。本になってるはず。（金）

枡野：でも、じつはみんな僕のこと困った変人だと思ってて、周りがフォローしてくれるから、こうしていられるんじゃないかって自覚したら、どんどん不安になってきて……。こんな男と結婚したら、さぞかし面倒くさかっただろうなと、元妻に今さら同情しちゃったりしてね……。桜沢エリカさんの旦那さんて、ＤＪやりながら主夫やってるんだけど、すごく明るい人でね。育児日記にも、タマゴ割ったら黄身が二個出てきました、ラッキー……とか書いてるの。でも僕だったら、「うわ、奇形だ！」って思うよ。彼はそういう性格だから幸せにやってるんでしょうね。僕はそんな明るい感じ方、できない。

お目にかかったことあります。ハンサム。（金）

河井：枡野さんは、普通であろうとする情熱が強すぎるんじゃない？　普通をまっとうするのは大変だよ。面倒くさくなっちゃいますもん。

枡野：正しく生きたいっていう、欲望はないの？

河井：ありますけど、ポイ捨てとかは、人が見てないとしちゃいますね。

ごめん。もうしない（銀）

枡野：僕が元妻に違和感を感じたのは、そういう話をしてた時。若い頃、自転車を盗まれたら、適当に盗み返して乗ってたとかいう話を聞いて……。「僕そんなこと絶対できない！」と思った。だって、盗んだ犯人に、仕返しするんじゃないんだよ？

河井：たぶん「自分」と「社会」があって、「社会」に自転車を盗まれたって感覚なんじゃないかな。自分がこんなにひどいことされたから、このくらいしてもいいやと思ってる。バランスのとり方がちょっとまちがってるんですよ。

枡野：河井さんはほんとうにバランス感覚があるよね……。

河井：僕は専門は一応漫画だけど、ほかにいろんなことしながら「漫画家でございます」って、やってるからじゃないですかね。専門外のことでもトチることにすごく恐怖がある。漫画で大ヒット作を飛ばしてたら、つまんないこと言って場を白けさせたとしても、堂々としてられる気がする。

枡野：僕が冗談でバンドやろうとした時の、河井さんの名プロデューサーっぷりはすごかったよ。「何したいんですか」って恐い顔し

でも好きだったので何も言えませんでした。

あるイミやんちゃな男のようにかっこいい？（金）

ここで話がそれてる……。（金）

そうじゃなくて、「上手い下手のない楽器をやりたい」って言ってたのです（銀）

て聞くから、「下手なのがバレないような楽器をやるから」とかって答えたら、えらい怒られた。「枡野さん、世の中に上手い下手のないものなんて、存在しないんですよ」……って。

河井：あの時はメンバーがみんな投稿歌人で、「君が代」の詞を脱力系の短歌に変えて歌ったりしたんですよね。［バンド名は「啄木」。投稿短歌傑作選『かなしーおもちゃ』（インフォバーン）のプロモーションのために結成したバンドだった。］

枡野：ライブの最後で、これから枡野が何か言ったら、とにかく「えーっ！」て驚いてくださいねってお客さんに事前に頼んでおいて、「悲しい話があります……僕たち啄木は……解散します！」「えーっ！」て……。まあ、お約束をやったんですけど、期待値を下げておいたぶん、お客さんの満足度は高かったみたいだよね。アンケートの三分の二くらいは、「枡野さんを見にきたけど、河井さんを好きになりました」っていう感想だったんだよ。テンパってる枡野を、河井さんが大人な感じでフォローするのを見て、女性ファンがみんな河井ファンになっちゃった。

ネット告知などで

河井：あれでね、「金紙&銀紙はこれだ！」って、その後の活動に関しての明確な方向性が見えたわけ。「俺が、枡野さんのことを全部説明していこう」って決めたの。

どんな決意なんだ……。（金）

でもやっぱり難しかった、というより面倒だった（銀）

河井：僕は器用なふりをしてるんですよ。漫画だって、印象だけでやってるんです。絵も下手だし、文脈も不自然なところがいっぱいあるんだけど、印象だけだから、大丈夫なんですよ。

でも面白いよ 買って!!（銀）

枡野：印象派？

河井：印象派。僕は「だいたい、こんなんでしょう」ってやるのに長けているとは思います。

枡野：なにそれ……。

河井：たとえば、枡野さんの前で短歌詠んだら、そこそこ褒められる自信はあるんですよ。

枡野：河井さんのつくる短歌、なかなか面白いよね。僕の本の書店用

ここでは こう
断言してるが、
もちろん
やりたくてやってる
部分は大きい (銀)

ポップに、書いてくれたんだけどね。

河井：でも「よく知らないけど短歌ってこんなもんでしょ?」って姿勢でやってるから、すごく失礼なことなんですよ。それをうまーく怒られないようにしながらやるのが得意。

枡野：じゃあさ、河井さんが漫画やってるのって、たまたま?

河井：そうですよ。

枡野：……コムサデっぽいね。

河井：コムサデ?

枡野：「コムサ デ モード」ってブランドあるでしょ。あれって「なんかこんな感じのファッション」って意味のフランス語風の造語らしいんだけど。もともと「コム デ ギャルソン」目当ての客が、うっかり買うように考えられたブランド名……って説もあるくらい。

河井：雰囲気勝負な感じ?

枡野：ファッション界には馬鹿にされるけど、世間の「お洒落」ってあの程度のものでOKなわけでしょ。ほどよい感じ。だからコム

ふたりで
書店に
置きに
いきました。
(金)

サデ モードって、すごい年商だよ。でも河井さんの漫画は「ほどよい」って感じとは全然ちがうか。

河井：印象だけで仕上げてはいくけど、余った部分につい、一般的に受け入れられづらい要素を入れちゃうから……。

枡野：「ガロ」っぽいもの？

河井：うん、「ガロ」っぽいものがね。

枡野：「コムサデ漫画家」でありながら「ガロ」！　それって、さすがなバランス感覚っていうか、もはやオリジナルな何かだと思うけどな。

河井克夫は自己評価が低すぎると思う。（金立）

4軒目

15:30

SEINA CAFE

地下、お一人様歓迎の静かなカフェ。BGMは矢野顕子オンリー。

二人のオーダー
枡野：ブレンドコーヒー
河井：ジンジャーエール

だって「立ち入って!!」って言ってるようなもんなんだもんこの人（銀）

河井：思えばプライベートにこんなに立ち入ってるの、枡野さんだけですよ。仕事仲間のプライバシー、僕はあんまり立ち入らないようにしてるから。枡野さんは言行一致っていうのか……プライバシーに立ち入ってみないと、わからないことが多い。

枡野：僕は他人にバレたら恥ずかしいことって、ほとんどないんだ。原稿にも大抵書いちゃうし。

少しはある。（金）

河井：僕はいっぱいありますよ。その……女性関係のこととか。

枡野：そんなに恥ずかしいことしてるの?

そんなにない（銀）

河井：恥ずかしいっていうより、自分の行動が一貫してないから、芋づる式に恥ずかしさが出てきちゃう。

枡野：なるほど。裏ではこんなことしてるのに、こんな漫画描きやがって！　って、自分の仕事に陰を落とすんだ。

河井：そうそう。想像だけど、枡野さんはテキスト化されたものに対して、いろんな規制がゆるくなるんだと思うんです。自分のことも、他人のことも、テキストになった時点でもう「作品」扱いなんですよ。

んー。反論したいけどできない……。（金）

河井：何だか疲れてるのか、このところ書き物が面倒で面倒でしょうがないんですよ。

桝野：ほら、人の漫画の原作書くとか、「頼まれ仕事」をするといいんじゃない？

河井：僕ね、頼られるの嫌いなんです。「俺がいる前提で話を進めないで！」っていつも思ってる。「いてもいなくてもいいけど、河井さんがいたほうが……」っていうのが好き。

これもちょっと極端ないいかたしてますね。皆さん、気にせずどんどん頼って下さい（銀）

桝野：実際、河井克夫みたいな人がいると、助かることってたくさんあるよね。便利な才能。

なかなかいないよ。こういう人。（金）

河井：「べつになくてもいいけど、ここに河井さんの絵があると、もっといいんですけどね」って言われる感じね。

枡野：「河井克夫はこういう仕事の頼まれ方が大好きです」って、伝えておけば？

河井：でも仕事より、普段の人間関係だと、もっとそれが強い。「お前がいると、よりいいよ」っていうポジション大好き。中心人物になりたくないの。

枡野：それはもしかしたら、万人に当てはまる気持ちよさかもね。デートに誘うときに、「たまたまチケットが2枚あるんだけど」って言うのがあるでしょ？「君のために徹夜して手にいれたチケットなんだけど、一緒に行かないか」って言われたら、ひかれるかもしれないから。

河井：あとはね、人間関係で「俺がやっておいてあげたよ」とか「よかれと思ってやったんだよ」とか、自分の印象を残そうとする人が嫌。

枡野：……今の言い方、なんか憎しみを感じたよ。もしかしたら特定の人物で、邪魔な人がいるの？ あ、僕のこと？

仕事関係の皆様 そうらしいですよ。（金）

いくらでも何でもしますよ（銀）

河井：そうじゃないけど。恋愛でも「こうするのが、あなたのためにいいと思うのよ」って、勝手にいろいろする人って苦手。でも、そういうことをされるのが好きな男がいるのも、わかる気がする。

枡野：「拒んでも女が俺に寄ってくる……」っていう嬉しさね。特に望んでもいなかったのに、いいことが舞いこむと嬉しいよね。「枡野さんのエッセイ集が何々エッセイ賞に選ばれました!!」……予告もなく電話がかかってきたら、すごく幸せだろうなあ。

映画の『ミリオンダラー・ベイビー』とかね。（金）

河井：それは当たり前ですよ。リスクないもん。

枡野：じゃあ河井さんの「虫のいい話」って、どんなの？

河井：絶世の美女が現れて、「あなたの恋人になってあげる」って言われることかな。

具体的で夢がない夢だなあ。（金）

枡野：えーっ、そんなこと？　美女の基準はなんなの？　性格はどうでもいいの？

何だそれ（銀）

河井：性格なんてものはね、どうでもいいんですよ、あのね、人間に性格なんてものはね、ないんですよ！

極論にもほどがある（銀）

枡野：えーっ、そんなことないよー！　人間、顔だけじゃないですよ！　……この先は夜になったら、ゆっくり話しますけど。

河井：まだ四時半ですか。五時間くらい喋ってますね。

5軒目

15:30

Hun Lahun

ブックオフのそば。2階、細長いカフェ。
坊主頭のお兄さんが、仕込みをしている隣でおしゃべり。

二人のオーダー
枡野：ココナッツシェイク
河井：パイナップルシェイク

ここは酒もソフトドリンクも充実。（金）

枡野：河井さんは何にお金をつかう？

河井：マッサージとか、一時は「行かなきゃ死んじゃう」って思ってたんですけど、行かなくても死にませんでした。僕は「お金をつ

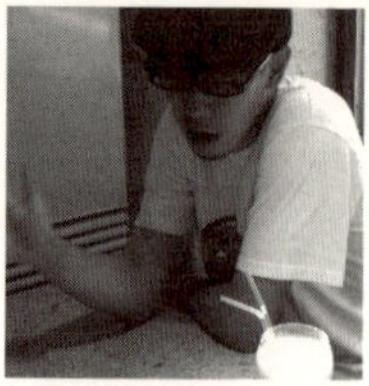

浪費癖？（銀）

かいたい欲求」があって、それが満たされてれば、欲しくない食玩だろうが、読まないであろう本だろうが、その内訳はなんでもいいみたい。だから買ったものが役に立たなくても、無駄だとは思わないですね。

枡野：ふーん。僕は対談連載をしてたライターに奢ってる時に「無駄かも」って思ったことがあった。原稿をまとめてもらいたくて彼に協力を仰いだのに、毎週しめきり日になると逃げちゃうんですよ。おいしい鰻屋さんとかよく知ってて、連れてってくれるんだけど、会計は僕。そうして僕の気にいった映画の悪口を言い始めたりするんだよ……。

河井：ただ褒めてたら、タイコモチじゃないですか。

枡野：そうなんだけど、僕が奢ってると思うとシャクで……。でも出版社の人に紹介するとかいう大事な時に限って、異常に遅刻してくる人だったから、プレッシャーに弱かったのかもね。僕が離婚で一番苦しんでいた時には、だれよりも助けになってくれた人なんですよ。コラムだって、面白いこと書いてたし……。僕、そう

彼にはやっぱり感謝してるので今は気にしてない。（金）

ひとのこと言えなくなってきた。（金）

いう人に、ひっかかりやすいのかも。

河井：枡野さん、エサ蒔いてるんだもん。感謝されたくて、「感謝されるにはどうしたらいいか?」って、いろいろエサまいてるから、そりゃ、人がのっかってきますよ。

枡野：んー。僕は自分の気まぐれでやったことが、たまたまだれかの役に立ってたりしたら幸せだな……って考え方だから。

河井：一緒にウズベキスタンに行った時、小さい瓶のネスカフェをいっぱい持っていってて、言葉もわからないガイジン相手に渡しているのを見た時、「感謝されたい欲」が強いんだなって思った。

「それはだれでも同じですよ。当たり前のことでは?」と、ある女性には言われた。(金)

枡野：そんなことないよー。ただ、一挙両得が好きなの。自分が楽しんでやってることが、偶然だれかを楽しませたらラッキーだな……って。

河井：一緒に大人計画の芝居を観に行ったら枡野さん、「宮藤官九郎

が役者で出てるなんて、贅沢……」とか言ってましたよね。

枡野：だって、役者で宮藤さんの代わりをできる人は探せばいるかもしれないけど、脚本家・宮藤官九郎は唯一無二な存在でしょ。

河井：この人やっぱり、テキスト至上主義なんだな……と思った。

認めます。くどうさん
すみません
失礼な発言。
(金)

枡野：いやまあ、あれだけ脚本家として売れてるのに、もともと役者だっていうのはかっこいいですよね。僕も物書きやりつつ、じつはカフェのオーナーだったりしたらいいのになー。「歌人の枡野浩一ってカフェのオーナーやってて、意外と金持ちで幸せなんだってさ」って噂されたりするの。

夢が
なんか
若者……。
(金)

河井：噂話で「幸せなんだってさ」なんて、言わないよ。

私はよく
言います。
(金)

枡野：「あのカフェ行くと枡野いるんだって」「ちょっと行ってみようよ」とか……。

河井：ないない。芸能人が「本業がヒマだからやってるんだ」って思われるのと、同じになっちゃいますよ。

枡野：でも谷川俊太郎がカフェやっててごらんよ。幸せそうでしょ？

河井：谷川俊太郎は、もともとの立ち位置がちがうじゃないですか。

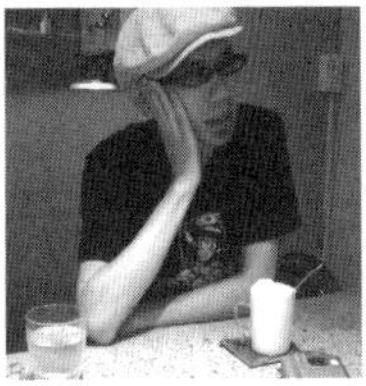

じゃあ、「生まれかわっても なれないもの」を 聞いとけばよかった（金）

すよ。

カフェやってても、本職がヒマだからやってるとは思われないで

枡野：そうかー。いいなあ、そういうポジション。

河井：松尾さんとか宮藤さんとか羨ましくないの？

枡野：宮藤さん、もちろん羨ましいよ。羨ましすぎて、もう羨望すら感じない。松尾さんも、超人的すぎて……。松尾さんは、僕の中では物書きなの。宮藤さんのほうが、やや俳優寄り。でも実際は松尾スズキのほうが、替えのきかない俳優とされてるのかな。……僕は、基本的に自分と全然ちがうジャンルのことやってる人が、羨ましいんだよね。

河井：羨ましい基準は、「この人の真似はできない」って人？

枡野：自分が生まれ変わってもできないと思うようなことをやってる人。爆笑問題の太田光さんとか、大好きだけど、生まれ変わったら僕もなれるかもしれないと思っちゃう。

河井：生まれ変わったらって……。

枡野：おこがましいのを承知で言えば、短歌界における枡野浩一は、

そりゃあ 谷川さんに なれたらね。 だれでも あこがれる だろうけど マスノはここで 「カフェ」の 部分を うらやまし がっている。 オドロキ！（金）

お笑い界における太田光くらいの仕事、してきたと思ってるから……。くらべるのもむなしいくらい、規模のちがう世界だけどね。たとえば神様が突然、「きょうは枡野浩一が爆笑問題の片割れだからな。テレビ出て話して、そのあとコラム書け！」とか言ったら、もちろん大パニックだけど、死ぬ気でやればできないことはない気がするんだよ。でも宮藤官九郎や松尾スズキの代わりは、生まれ変わっても、できなそうな感じ。そういう話。

してないかも。すみません太田光さん失礼な発言。(金)

6軒目

18:15

BESSIE CAFE

ジャズやブルースのかかる、ほの暗いカフェ。

二人のオーダー
枡野：ココナッツコーヒー
河井：ヨーグルトドリンク

イノトモもかかる。タクローも。

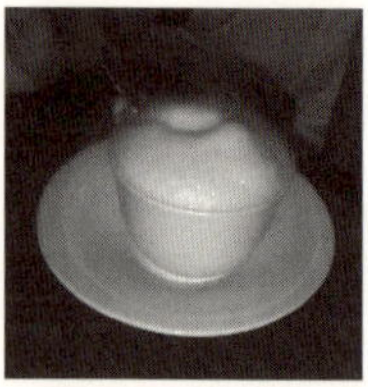

枡野：一日、話しててわかったと思うけど、僕って常識的でしょ？

河井：もっと枡野さんの暴論が聞きたいですね。

枡野：僕の暴論って……なんだろう？　セクシャリティの問題なのかな。僕の理屈は男性的なところもあるけど、感覚はとても女性的だと思う。だから女性的な文化にも、男性的な文化にも、両方違和感があるって日々自覚してるんだよね。

河井：まあ男がこういう話をしちゃ駄目、女がこういうことを言っちゃ駄目っていうような、固定観念もあるしね。確実に。たとえば、秋葉原でメイドカフェに行って「何これー、気持ち悪い」って言う人がいたら、それはその人のほうがまちがってるでしょ。メイドカフェを必要とする人々が集う場所なんだから。

枡野：僕はどんな作品も、「その人の魂にとって必要かどうか」が重要なんだといつも思うよ。「自分はこういう作品を面白がる人間

変な例えですが、「郷に入れば郷に従え」ってことですね（銀）

本気。（金）

なんだ」っていう、自覚を持って感想を言えばいいのに……。みんな、自慢げに「最高傑作！」とか「失敗作！」とか言いすぎじゃない？　ネットとかで。じゃあ君は世界中の作品をすべて知った上で語ってるのか？　って言いたい。自分には理解できない作品でも、ほかの人には面白いかもしれないでしょ。これをつまらないと感じてしまった自分は、教養とか人生経験とかが足りなかっただけかも……。そういう、おびえた視点がまるでない感想は、とても不満。とくに男性の頭脳明晰な人とか、自分という感受装置に対して、疑いを持ってない人って多いよ。

自分もたまには書くけど……。(金)

河井：そうやって声高に世界観を確立しないと、足場が揺らぐんじゃないの。その人がほかに、自信のあるものを持ってないからですよ。その人たちをかばうわけじゃないけど、とりあえずの立脚点っていうのがないと何も語れないですよ。たしかにネットのせいで、そういう意見が目立つようにはなってますけどね。

枡野：昔からみんなそうだったけど、それが目立つようになってるだけなのかな。

しゃべったコトバが宙に残るような時代だと思う。(金)

河井：だと思いますよ。ネットに書いてる人は、きっと読者というものを想定して書いてないんですよ。

枡野：「ほかの人のブログを見てたら意外と評判よくて、不安になってきた」とか書く人いるよね……。お笑いを語らせたりすると、ほんとにひどいよ。親のカタキをとってるの？　って思うほど偉そうなの。「お笑いを論じるはてなダイアラー　すごく偉そうかつ笑えない」っていう短歌をつくったことがあって、この短歌は失敗作の例として発表したものなんだけど。こういう僕の「挑発」にちゃんと反応してくれたのは、僕が唯一面白いと思って愛読してるお笑い論ブログの人だったんだよ。つまり「あ、この短歌で揶揄されてるのは俺のことかな？」って不安になる人は、逆にまともだってこと。

河井：客観性の問題なのかな。

枡野：ちょっと嫌な読者のことを、やんわり批判する記事を書いたりすると、「そういう嫌な読者っているんだ～。私も枡野さんが怒る気持ちわかる～」とかって書いてくるの。ネットは読者との距離が取りにくい場だとは思うけど、ひどい。

河井：僕が声を大にして言いたいのは……ほんとうはそんなに言いたくもないけど、「書いたものを印刷して読みなさい。自費出版でも、なんなら同人誌、ガリ版でもいいから、とにかく一度印刷してみなさい」ってこと。漫画にしろエッセイにしろ、「本屋で読まれるとこういう感じになるのか」っていうのは、手にとってみないとわからない。印刷されたものを見ることで、初めて生まれる客観性ってありますもんね。

作詞してた頃も自分の詞が街で流れてるのを耳にして初めて反省点が見えたりしました。（金）

枡野：それに、ネットはいくらでも量が書けてしまうから……。制限がないから、文章が磨かれない。

別の形では磨かれるのかな。つっこみにたえるとか。（金）

河井：短歌には57577の枠があるものね。漫画とか写真でも、下手さの限度っていうものがあるけど、文章にはそれがないっていうか。

枡野：僕は、そういう人たちへの批判を常に意識しながら短歌講座とかやってるから、彼らのことをいつも無駄に刺激しちゃうんだと思うよ。

いや、もちろん思ってくれていいんですけどね。（銀）

河井：僕は、刺激はしないけど、「河井さんならわかってくれる」って、必要以上に味方だと思われることがある。枡野さんもそれは同じでしょう。ファンの人の「枡野さんだったらわかってくれる」っていう気持ちが一番悪いかたちで出てきてて、枡野さんと同じ土俵に立とうとして、失敗してる。「身のほどを知れ」って話になっちゃうけどね。

枡野：そうそう。身のほどを知るといいよ……。

オマエモナー。（金）

河井：たまに「私の絵を見てください」って言われるんですよ。僕は編集者じゃないし評価のしようもないけど、一応「この色は綺麗だねえ」とか言うの。で、よくいるのが「ここ、まちがえちゃったんですけど」とか言いながら絵を見せる人。

枡野：いるいる！　いるよー！

気持ちはわかるんですけどね（銀）

河井：評価のしようがない。「じゃあ、まちがい直してから見せてください」って、ちゃんと言いますけどね。「褒められたい欲」なんですよ。「この部分はまちがってるけど、全体の色は素晴らしいね」とか言ってほしいんですかね。言いませんよね、そんなこ

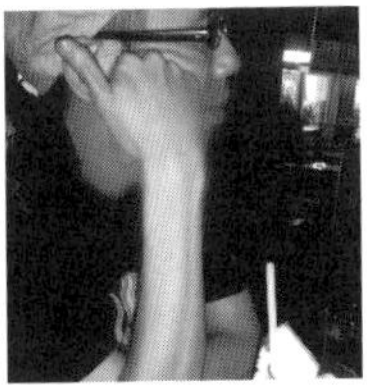

この本の校正中の10/15（日）、
Floorは突然、なくなりました。
今までありがとう……大好きでした。

と。

枡野：　いやー、びっくりするよね……。そういう人って「河井克夫に指導を受けました」ってネットに書くんだよ。ある日突然、自費出版の歌集が送られてきたと思ったら、プロフィールに「枡野浩一に影響され短歌を始める」とか書かれてたりするの。しかもそれが、「やめてくれー！」っていうような短歌だったりするから、おそろしいよ……。

共同出版という名の。（金）

7軒目

19:00

Floor!

トル（昔は付いてた）

線路沿い、かなり古いビルの3階。古びた机や椅子が絶妙のバランスで並べられている。ご飯セットは魚と玄米の丼。お茶の種類が豊富。

二人のオーダー
枡野：ご飯セット、ホットの加賀棒茶、ホットのカフェオレ
河井：ご飯セット、ホットの中国茶

河井：　いよいよ夜の話をしましょうか。

枡野：　河井さんが「枡野浩一と二晩デートしてみませんか。男女どちらでも」っていう文面で、mixiで僕の恋人を募集してくれたら、十数人くらい集まったんですよ。そのうち三人くらいが男性で。それぞれアプローチしてもらったんだけど、女性たちからのアプローチが、いまひとつだったんだよね。ほんとうは「大人計画」が好きなだけなのに、金紙&銀紙で我慢しておこう……みたいな。でも男性はすごくストレートで嬉しかった。それで大学生の男子と一度デートしてみたら面白くて……だけど戸惑うこともあって、結局おつき合いはできなかったんだけどね。彼が僕の家に泊まりに来ようとした時、どうしても部屋に入れられなかった。カマトトぶった女が土壇場で「ごめん！」みたいな感じだったから、さすがに悪かったなと反省しています。

河井：　それはしょうがないよ。だって枡野さんはいわば「処女」じゃないですか。不安はあって当然だと思いますよ。

ツメル

私も残念なのですけれど金紙&銀紙は大人計画ではありません。念のため。（金）

枡野：　その時に、「ちゃんと自分が好きだと思う人にアプローチしなきゃ」って思ったんです。で、前々から好きで、ちょっとだけ面識があって、でもアプローチできずにいた男性に、告白することにしたんですよ。僕は一度そう決めたら迷いがないし、熱心だから。

河井：　聞くところによると、猛烈に口説いたんですよね。

枡野：　ちょうどこの店で一人で晩飯を食べてたら、彼から携帯にメールが届いて。「機会があったら今度ごはんでも食べましょう」とかって社交辞令が書いてあったから、「機会がなくても食べましょう！」って返事をしたら「そうですね」って。それで「ほんとうは今すぐでもいいくらいなんですけど、ガツガツしてると思われたらやだから我慢します」って返したら、「あ、今でもいいですよ」って……。そこで僕が「無理しないでいいですよ、窓際の席で、ずっと待ってますけど！」って返して、彼を呼んだんです。でも呼んだはいいけどお互い、どうしていいかわからなくて、もじもじ……。

たまたま顔が好きで あとから彼がゲイだと知った。

河井：顔が好きな人をずっと眺めていられるなんて、いいなあ。

枡野：そうなんだけど、彼とは話がまるで合わないんですよ。たとえば、自分のいいと思った映画の感想を、ちょっとは語ったりしたくない？　一緒にユーロスペースとか行くと、「こういう（マイナーな）映画館って、なんであるんですか」って言われる。かわいいけど、びっくり。

河井：枡野さんが教育しちゃえばいいんじゃないですか？

枡野：ジブリが好きっていうから、ジブリといえば『アルプスの少女ハイジ』だと思って話を振ったんだけど、知らないわけ。「えっ！　干し草のベッドも、とろけるチーズも知らないの？」……ものすごいショック。まあ、世代がちがうもんね。しょうがないから一緒に『魔女の宅急便』を見たりしたんだけど、僕にとっては『魔女の宅急便』て、自分の子供たちと一緒によく見てた思い出の映画なんですよ……。

河井：それで、悲しくなったりとか？

枡野：映画に関しては、恋愛感情なんて持ったこともない谷田浩と話

た

でもとてもかわいい……。
（金）

えっち!!
（金）

をしたほうが充実感あるかもしれない……そういうのって、どうなの？

河井：どうなのって言われても……。

枡野：「……いつも話すことないですね……」「……枡野さんの話ってオチがないですね……」って言われちゃうんだ……。

河井：いや、枡野さんの話はオチはあるから大丈夫ですよ。たぶん、求める面白さのベクトルがちがうんだと思う。

枡野：だけど顔が大好きだから、話が合わなくても「うんうん」って頷けるよ。若い女の子の話を、大して聞いてないのに「うんうん」って頷いてるおやじの気持ちが、初めてわかったかも。

河井：日々発見ですね。

枡野：うん。もともと僕にはホモっ気があって、女性的な男だと自他ともに認めてたけど、セックスの対象は一応みんな女性だったし……。ラーメンズの小林とか、顔が好きな男性がいても、べつにセックスしたいというわけじゃないし。

河井：枡野さんは結婚して子供までいたわけだしね。

彼の話はちゃんと聞くよ！（金）

純な若者がわるくなっていく話が大好き。映画『キッズ・リターン』とか。（金）

ゲイでもアナルセックスをしない人は多いそうです。でもゲイビデオでは「お尻が出てくるほうがランクが上」っていう価値観が根強いのではと感じました。（初心者）

枡野：　セクシャリティで葛藤したことって、なかったんですよ。だから小さいときからゲイだと自覚してた人と自分とでは、やっぱり大きな隔たりを感じます。新宿二丁目も楽しい人たちがたくさんいて楽しいんだけど、彼らは「同性が好き」っていうセクシャリティを中心にすべてを考えてるというか……。僕の認識とは微妙に合わない感じ。

河井：　ゲイの人たちは、「そこのところ、こうでしょ。だったら私と合うわ」「ここがちがうんだったら、ちょっとちがうわね」っていう感じで、はっきりしてますよね。嘘がないっていうか、そこは枡野さんに向いてると思いますけど。

枡野：　んー。もうちょっと揺れ動いてもいいんじゃないかな……。

河井：　話を聞くと、ゲイ社会はよくも悪くも閉鎖されてるから、連帯意識みたいなものが生まれる代わりに……。

枡野：　……ちょっと排他的な面もある？　ゲイのビデオも観てみたりしたけど、僕は尻にはまったく興味がないから、尻がクローズアップされるビデオは全部駄目。ゲイビデオでも男女が交わって

わかりにくい言い回しですが、ようするに細かいポイントまで好みが明確なので、話が早い、みたいなこと（銀）

KA映像プロの昔の作品が好き。（金）

るやつがあって、そういう「男女モノ」っていうのが一番好きなんだけど、女性の顔にモザイクかかってるのが変だと思う。逆に、ヘテロ男性の見る一般的なAVは、男優がほとんど映らないように撮ってるからやっぱり不満なんですよ……。でもね、いろいろ本を読んでわかったんだけど、どんな男でも「女性とセックスしている自分」に興奮することあるんでしょ？

そんなに多くないので見つくしてしまいました。（金）

の男ぶり

河井：自己陶酔っぽいものなんですかね。

枡野：谷田浩に言わせると、僕が好きなになる男は、僕と顔のタイプが似てるから、僕のホモ的要素は、自己愛のすごく極端なものじゃないかって言うんだよ。あれ？　でも、顔が瓜ふたつの河井さんには恋してないな。

河井：とにかく「なんであたしとこの人はちがうの？」なんてこと、恋してない人は考えないですよ。いいなあ……。今のうちにいろんな人に「彼ったら、かわいいの」ってノロけたほうがいいですよ。

枡野：無理。僕が「好きだってはっきり言ってくれる人がいい」ってトークイベントで言ったら、はっきり言ってくれた女性が何人もいたんだよ。その女性たちに悪いよ……。

河井：　枡野さんそういうところ不思議なんですけど、なぜ機会を均等に与えようとするの？　負けは負け。

枡野：　僕のモットーは「親切」かつ「フェア」だから。

河井：　恋愛って、えこひいきせざるを得ないジャンルですよ。「君は今回ちょっと惜しかったな〜。また次回！」って言ってもしょうがないんですよ。理屈じゃないわけだから、駄目なものは駄目。枡野さん好みのアプローチをしてきた人より、もっとよこしまな人が勝ったりするでしょ。……ところで枡野さん最近、幸せだからか、太ったよね。

枡野：　そんなことないよ、不安でいっぱいの毎日だよ……。

河井：　今の枡野さん見てるとね、不安っぽく恋してる感じ、で楽しそうですよ。鼻歌とか出ちゃうでしょ？

枡野：　るるるるー、先の展開が、まるで見えないよ〜♪

河井：　恋はそういうもんですよ。見えたら面白くないじゃないですか。

枡野：　そうなのかな。でもさー、彼が月末に友達と海外旅行に行

太ったのは事実。「むっちり」って松尾スズキさんに言われてしまった。（金）

くって言うのね。その友達は男友達だよ？　「枡野さん怒りますか？」って言われて……怒らないけど。ねえなんで、その男と一緒に行くんだろう!?

河井：怒ってるじゃん。

枡野：あと、たいていの人は、僕が年下の男性とつき合ってるって報告しても、「冗談として聞き流すか、「無理しないほうがいいよ」とか、「そんなに痛い目にあったの？」とかって言うよ……。

河井：痛い目って？

枡野：離婚で苦しんで、やけになって男に走ったとか思うみたいよ。

河井：そう思われてもいいじゃないですか。「離婚で苦しんで男に走った」って言うと極端だけど、当たってないとも言えないわけだし。

枡野：女の人は特に、枡野はほんとは女が好きなのに、無理して男が好きだと自分に言い聞かせてるとか思うみたい。

河井：それは嫉妬、嫉妬！　枡野さん自身は、無理してるって思わないでしょ？　そっちのケがなかったら、無理して男とつき合えって言われてもできないもん。「枡野さん、無理してるんだわ」っ

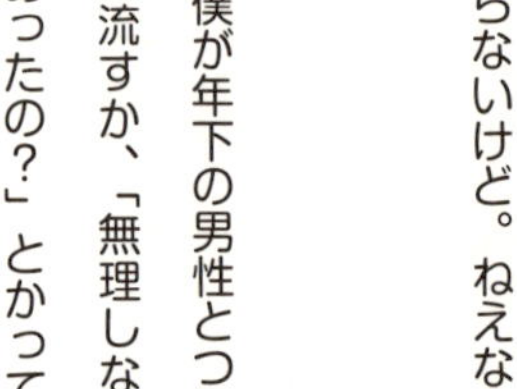

おめでとうって言われたかった……。
（金）

ていう女たちには「君ら、女たちがしっかりしてないから枡野さん、こんなになっちゃったんだよ!」って言ってやりたい。

枡野：そんなこと……ないよ。

たぶん。

河井：そんなことないのは知ってるけど。でもそういう論旨には、そういう反論ができるわけですよ。

枡野：知り合いの女性に正直に告げて戸惑われたりすると、こんなこと言っちゃいけないのかな……とか思うよ。

知り合いの男性はもっと戸惑う。（金）

河井：それはね、女性陣の傲慢。僕は声を大にして言いますよ!「枡野さんの恋人がどんな美少年か知らないけど、あたしは女だから、あたしのほうがほんとはいいでしょ?」って女性は思ってるんですよ! 女の人は、女だっていうところにアグラをかいてる!!

……俺、なんでゲイの立場で発言してるんだろう?

僕は女の人好きですよ。念の為。（銀）

枡野：……きょう、一日じゅう河井さんとしゃべってたけど、新しい

意見を聞けて、脳味噌のしわが増えた気になる。でも大好きな彼と話してても、接点がないなーっていう認識しか持てないんだよ。それがさみしくって。

河井：それでいいんですって。だって枡野さん、普通の若者と話が合わなくても、「無教養なやつ！」って怒って終わりなわけでしょ。それを「さみしい」って思うのは……。

枡野：恋？　恋愛って、ひとりですべてをまかなうのは無理なのかな。

河井：たしかに、顔も内面も好きで、性格も話も合うなんて、ありえないですもんね。

枡野：だから顔とか性格とか経済力とか、優先順位があるんだろうね。僕が一番優先するのは、話が合うことなんですよ、ふだん。だけど今の彼に限っては、顔。飛び抜けて顔が好きだから困ってる……。生まれて初めて「この顔、好きかも!?」って目が釘付けになった男だから……。

もしかして読者の皆さんも「ネタ」だと思ってる!?
本気。(金)

河井：のろけ話にしか聞こえないですね。

枡野：顔が好きで、話も合ったら、どんなにいいだろうかと思っちゃうよー。

河井：みんな、どこかで何かを妥協してるんだろうね。

枡野：「君の顔、ものすごく好き」みたいなことを僕が彼に言うと、「結局、顔だけなんですね……」とか言われちゃうし。

私はそう言ってもらえたらうれしい。言われないが。（金）

河井：それは世間一般の男性たちも一緒ですよ。「顔がかわいいから」ってつき合ってる人なんて、たくさんいますよ。ただ枡野さんの場合は相手が男の子なだけで。

枡野：まあね。でも、向こうの選択肢のなさにつけこんでるのかと思うと、申しわけない感じ。

河井：選択肢がないっていっても、枡野さんしかいないわけじゃないですよ。

枡野：「選ばれてる」っていう気持ちも、持っていいのかな……。

河井：そうですよ。それで「君の顔が最高だ！」って、何回も言ってあげればいいじゃないですか。

枡野：もう言ってる言ってる……。

本当。（金）

河井：とにかく顔が好き、その一点だけ求めてくる感じは向こうにも伝わりますよ。

枡野：ねえ、河井さんは、好きな顔のタイプってないの？

河井：ないんですよ。僕がよくないのは、「これとこれで比較したら、こっち！」っていうのしかないから、目移りが激しい。

枡野：比較検討派だね。僕はピンポイントだ。いつもは人一倍、熱しにくいんだけど。彼にアプローチするときはその反動なのか、自分でもどうかと思う熱心さだった。タイミングといい、メールの文面といい、自分の持てる力のすべてを発揮。自分て本気出すと、こうだったなって、久しぶりに思いだしたよ。……恋愛の場数がまだ全然足りないね。数をこなすって大事なのかも……。

河井：恋愛の経験が足りないってこと？　でも枡野さんは恋愛そのものにあんまり興味がないよね。

枡野：そうかも。

性欲もないから迷ったときには「やめる」ほうを選びます。（金）

河井：じゃあ、しょうがないよ。興味ないのは、「経験足りなくてもいい」と思ってる証拠だもん。

枡野：ただ、恋愛を長続きさせるには技術が必要じゃない？　技術な

たしかに言ってたと思う。(金)

して、懸命に勝負してる気持ちは通じてると思うんだけど、細やかなアフターケアができないみたい。とくに結婚したあととか……。

河井：釣った魚に餌はやらないってやつ？　でも今まだ日本だと男同士は結婚できませんね。「どうせ結婚できない恋」、なんかいいなあ。

枡野：だけどさ、「女を好きな男しか好きにならないゲイの人」って、好きな相手は一生、絶対、自分には振り向かないんだよ……。

河井：「私の好きな人は一生、絶対、私のことを好きにならない」。

枡野：絶望じゃん……。「僕は河井克夫の漫画を好きな女性は好きにならない」って、河井さん言ってたけど……。

河井：言ってないよ。

枡野：そんなレベルじゃなくて、もう自分を好きになる可能性はゼロなんだよ。そうなったら、ある断念を持ってしか、人と接せられないよ。

河井：ただ冷静に考えれば、男女のあいだでも、振り向かない人は永

でもノンケの人をいたずらしているゲイの人は多いようで勉強になります。とくに子供時代に友達と……という話が面白い。(金)

遠に振り向かないよ。

枡野：ああ。すべてをセクシャリティのせいにしちゃうのは逃げかな。

河井：それに「こっち向かないのはわかってる」ってところに、ゲイの人は燃えるんですよ。ノンケの人をゲイにさせるっていうことが叶っちゃったら、きっと飽きちゃうよ。

枡野：僕、mixiで「髭坊主コミュニティ」っていうのに入ってたんですよ。そしたら、みんなそっち系の人たちで……びっくりした！

河井：「びっくりした」って、それは枡野さんの認識が甘すぎ。絶対そうに決まってるじゃないですか。

枡野：「髭坊主って、僕もそうだ」とか思って入ってみたら、ほとんどの人が……ねえ！

河井：枡野さんのそういうところでの客観性のなさって、面白いですよね。自覚がないのに「髭坊主」。

枡野：自分が坊主にしたとき、「なんて似合うんだ！」と思って嬉しかったんだけど……。

今は「髭坊主眼鏡」に入ってます。(金)

最初はスキンヘッドでした。(金)

乱暴な言い方だ。
もちろん そうじゃない人も たくさん います (銀)

でも、枡野さんの場合、そうかも (銀)

河井：髭坊主は、世間的には典型的なゲイですよ。やっぱり内面的にはもともとゲイなんですよ。

枡野：自分の中の無自覚な美意識が、自然とこの髪型を選ばせたのか。こんなに自分のことばっかり考えてる「自分好き」なのに、無自覚なことって、まだまだあるんだね。衝撃だった……。

河井：人生はわからないね。

枡野：いろいろな面で淡泊だから、この歳まで意識せずに過ごしてたのかな？　僕はそのほかの部分で、変人扱いされすぎてきたから……。

河井：あ、性癖じゃなくて、性格のせいだって思ってたんだ？

枡野：こういう性格だから、世間と考え方が噛み合わないんだろうなって思ってたの。まあ普通に女性に対しても興奮してたから。初めてエッチな雑誌買いに行った時も、おっぱいに興奮したし。おっぱいは今も好き。……もしかしたら、後天的なものなのかもしれない。

「昼間は銀色の自販機で。(金)

河井：僕の勝手な判断ですけど、枡野さんはテキストの人だから、ビジュアルの中になんとなーく溶け込んでいるゲイカルチャーに気づかなかったと思うんですよ。枡野さんはテキストを認知するのは得意だけど、ビジュアル的な感覚が欠けてる。

枡野：自分のルックスにも無頓着だしね。「向こうから背が高くて、お洒落な格好した人が来る……」と思ったら「自分か！」っていうこと、今も時々ありますよ。

言葉だけの夢をよくみます。（金）

河井：そういう短歌ありましたね。

角川文庫『57577』参照。本当は正反対の意味の歌です。（金）

枡野：僕はほんとうに言葉が大事……。「普通は会話しながら顔の表情とか、いろんなメッセージを読みとるものなのに」って、女性からよく言われるんだけど。何でも言葉通りに受けとめちゃうんだよね。「いいよ」って言われれば、「いいのか」って思っちゃう。「顔に嫌だって書いてある」とか、そんな高度なこと、しないでほしい……。

河井：でも、そういう自分の（ゲイとしての）可能性に、この歳になって気づくっていうのは、いいことだと思いますよ。

枡野：そもそも滅多に人を好きにならないからね……。初めて自分からちゃんと告白したのが、元妻だから。

河井：自分から告白したのは、今の人が二人目ってことですか？

枡野：そう。幼稚園の頃とかを除けばね。なんか僕、一線を越えたあとの女性の態度が、すごく苦手で……。

河井：たとえば？

枡野：「枡野さん」って呼ばれてたのに、一晩過ごしたあと、「浩一って呼んでいい？」って聞くとか。そういうのが、許せないわけ。だって「枡野さん」から「浩一」って、距離が一気に縮まりすぎでしょ？

河井：それはもともと、「浩一」って呼ばれることが嫌なだけじゃないの？　きっと「浩一って呼んでいい？」って聞かないで、「浩一！」っていきなり呼んじゃえば、大丈夫だったりするんだよ。

枡野：そんな人とは最初からつき合わないと思う！　あ、でも「何かちがうなー、でもそんなことで怒るのも大人げないしな」って、うやむやになるかもね。徐々にごまかしながら「浩一」って呼ぶのは、まだ許せる。そのへんの距離感をやたら気にする人間みたいよ。

たぶんセックスが重要でないんだと思う。(金)だから。

ここ重要。(銀)

河井：僕が見てて思うのは、枡野さんていうのは、「枡野さんがその人の作品を好きな人」、もしくは「枡野さんの好きな人に紹介された人」っていうのは、それだけでオッケーなんですよ。逆に「枡野さんのこと大好き！」って寄って来た人に対しては、そこから枡野さんの試験が始まるんですよ。試験は完全に減点法で、「僕の作品が好きなの？　でも君のここ駄目だよね」って……。で、僕の場合、枡野さんが尊敬する松尾さんを通じて知り合ってるから、試験されずに済んだの。

なんでそんなことわかるの??(金)

枡野：ああ……。言われてみれば、そうなのかも……。

河井：もっと言えば、その試験は男性よりも女性のほうに、厳しい。

枡野：いや、だって僕が嫌だなと思うことをするのは、決まって女性なんだよ……。「浩一って呼んでいい？」って、男は言わないでしょ？　でもそう言った女性をかわいいと思えなかったのが、僕のセクシャリティのせいだったとしたら、わるかったな……。もしも今の彼が突然、「浩一って呼んでいい？」って言っても、嫌じゃないかもしれない。「うん！　僕も●●って呼んでいい？」

言いすぎでした。(金)

とか言ったりして。

河井：あと枡野さんは、女の人に対しては容姿じゃなくて、才能に惚れるタイプでしょう。女の人は作品をつくってないと駄目。

枡野：まあ、それはそうかもしれない。

河井：女の人で顔だけ好きっていう人はいないの？

枡野：モデルの田村翔子さんの顔は大好き。テレビで一緒になったことあるんだよね。田村翔子さんが、じつはすごくエッセイがうまかったら……。

oka-chanも 大好きです。(金)

河井：やっぱり文才がないと駄目なんだ。男は顔でオッケーでも、やっぱり女の人には「枡野試験」があるんですね。セクシャリティによる部分もあると思うけど、枡野さんはまた特殊です。

河井：枡野さんのファンは、この人のことを「短歌ありき」で考えるから、だまされちゃうの。僕は枡野さんの短歌も読むけど、べつに「ファンなんです！」ってことで金紙&銀紙やってるわけじゃないから、いろいろわかるんです。短歌をとっぱずして見れば、単なる変人。

枡野：ひどいこと言うなあ……。僕の中の特殊すぎる何かを、どうにかして普遍化しようとしていく作業が、たぶん僕の短歌づくりなんです。

河井：ほんとにね、失礼ですけど、こんな簡単な人はいないですよ。ジャンルのちがいだと思うんですけど、僕の漫画を読んで「こういう漫画を描く河井克夫ってのは、こんな人だろうな」って想像して、それが実物とちがってたところで、みんな裏切られたとは思わないですよね？

枡野：それは小説でも同じかも。極悪非道なことを描いてる人が、実際にそのままの人だとは思わないもん。

河井：でも短歌だと「ああいう作品をつくる人は、きっとメンタリティも作品と同じにちがいない」って思うんじゃないですかね。枡野さんの短歌は、枡野さんの中のドロドロを、濾過してつくっ

「オモテウラのない人」と言ってほしい。(笑)

てるから、口当たりのいいものになってるんですよ。実物とは……全然ちがいますね。

枡野：あー。「枡野さんの短歌を読むと、さっぱりとした人だと感じるけど、実際には話がねちねち長くてびっくりします」って言われるわ。

なんでファンにこういうこと言われてばかりなのか。（金）

河井：それは、そうだろうね。

枡野：こねくり回してしまう思考回路を、すっぱり切り取って詠むのが僕の短歌なのか。たまたまああいう形になってるわけじゃなくて……。僕の短歌を読んだあとに、僕の日記読んで「何かイメージとちがう！」って思う人は、もともとちがうんだっていうことに早く気づいて！

河井：枡野さんが書く散文にも、そのまま書いてるものと、一回そぎ落としたものに肉付けして書いてるのと、二種類あって。後者はもう、ほとんど嘘みたいなもんですよ。一回短歌の形にしたものを、散文にしてるみたいなものだから、邪悪な成分がうすまってて……。

なんかひどい言われよう。（金）

枡野：人の文章を、ジュースかなにかみたいに……。

河井：それを読んで、「枡野さんってこういう人?」って近づいていくと、裏切られる。また、枡野さんに近づく女の人って、「熱意でなんとかなる」って思ってるから駄目なんですよ。

枡野：熱意は、効かないね。どうも「私の気持ちが、枡野さんの本にはみんな書いてあるんです」って、理解者みたいに思われてるっぽいな。

河井：枡野さんは、そういう女の人たちの気持ちがたしかにわかるかもしれない。けど、そういう人をけっして好きにはならないよ。しかも「ああ、(もうそれ以上言わなくても) わかったわかった!」みたいな、嫌な理解のしかただよ。もっと極端に言うとさ、枡野さん、短歌つくる女の人は嫌いでしょ?

枡野：そっ、それは……ひみつです!

河井：枡野さんと仲よくなりたいなら、短歌つくっちゃ駄目だね。

ひどいひどい結論……。

(全)

(枡野がトイレに言っているあいだ、対談中あまりにも枡野のこ

としか語られてないので、担当編集者が河井に「枡野さんは河井さんには興味ないんですか?」と尋ねる)

河井：顔が同じだってこと以上の興味はないんじゃないんですかねー。聞いてみましょうか?

(戻ってきた枡野に)

河井：枡野さん、僕にどの程度興味がある?

枡野：河井さんは、面白い漫画を描く人だと思ってる。正直、河井さんの描く漫画がつまらなかったら、つらいよ……。河井さんの新刊が出て、読んで面白いと、ほっとする。やっぱりさ、「顔が一緒なのに、こんな漫画描くの? がっかり!」って思いたくないじゃない?

河井：よかった。つまらないって言われたら、どうしようかと思った。枡野さんはやっぱり、作品ありきなんですよ。あとは? あとは?

枡野：うんとねー、もちろん顔が同じで親近感あるし、一日話してて

知らぬまにそんな話を……。(金)

顔も好き。(金)

読んでる皆さん、
どうも お疲れ様でした
（銀）

も飽きない。ふだん、なかなかそういうタメになる話って聞けないじゃん。ここ数年で出会った人で、僕の人生の重要人物の筆頭は河井さんだもの。人生が変わったよ……。

河井：そんなに変えてるつもりはないですけど。

枡野：だって俳優でもないのに映画に出るとか、僕の人生ではありえなかったじゃん。あとは単純に、三十すぎてから顔が同じ人と出会うって、すごく可笑しい出来事じゃない？　それは僕のツボに、はまった。

河井：なるほどね。「ツボに、はまった」って言われると納得します。

枡野：普通、顔が似ててもユニット組まないよー。ハプニングというか、天変地異？　ただ最近、自分だけが太っちゃって……。子供の頃から痩せてて、ずっと太りたかったんですよ、僕。だから少し嬉しいのに、金紙&銀紙が成立しなくなるのは嫌だし……忸怩たる思い。引き裂かれる思い。こないだも映画の衣装あわせの時に、僕の顔写真の上にペンで「メイク」って書いてあったよね。僕たち、もうメイクで似させるとかいうレベルなんだね……。

→ CGとか……。
（金）

河井：　金紙＆銀紙、解散かな。
枡野：　っていうか、河井さんが太ればいいんだよ！

太らないと死ぬよ！（金）

彼もメールで言ってくれたけれど

（この対談を本にすることに関しては彼に相談しました）

顔が好きな彼とは結局お別れしました。皆さんが想像するようなああいうことはしないまま。でも彼と過ごした時間は「今も宝物」です。新宿二丁目で話しても「そんなのつきあったうちに数えられない」と笑われてしまうかもしれないけど……。彼のことは「元恋人」「最初の男」として一生忘れないでしょう。（金紙）

金紙になった銀紙

「H」（ロッキング・オン）Vol.69　2004年8月号　しまおまほ氏の連載「しまお新聞」より
協力：高須クリニック

整形前

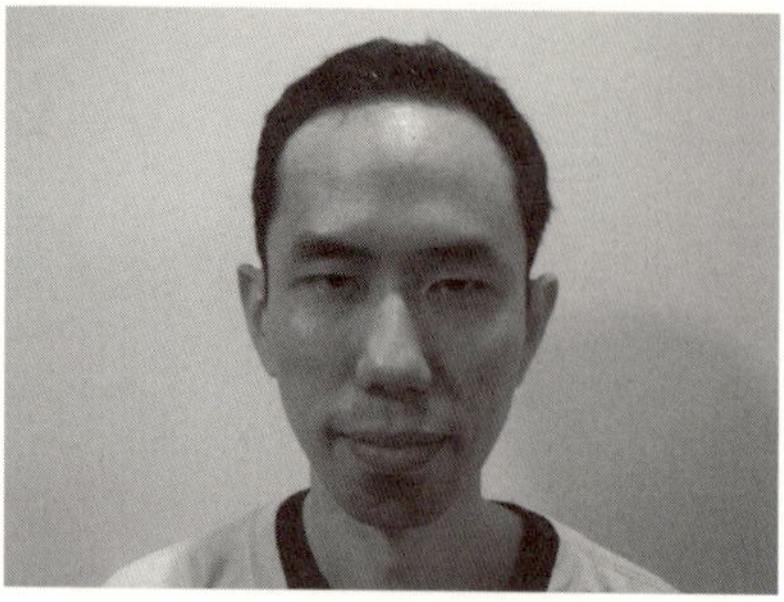

美容整形のオーソリティとして、世界に名高い、高須克弥先生が経営する高須クリニック。ここには毎日、数多くの人が、整形してもらいに訪れています。手術にあたって、打ちあわせというか、どんな顔にするかをコンピューターでシミュレーションしながら相談するらしいんですが、2004年の8月、しまおまほさんがロッキング・オンのHでやっている連載「しまお新聞」の取材で、シミュレーションしてもらいに行くというので、しまおさんの友達何人かでついていきました。しまおさんは絶世の美女を目指したり、他の人たちはものすごく変な顔の人を目指したりしていましたが、私（河井）は、せっかくなので、より枡野さんに似せる整形のシミュレーションをしてもらいました。「この人（枡野）のほうが頭の鉢が大きいんですね。耳ももっと尖っている」とか言いながら、高須先生が自らシミュレーションしてくださったのがこの画像です。まあ、ただ、それだけなんですが。

整形後

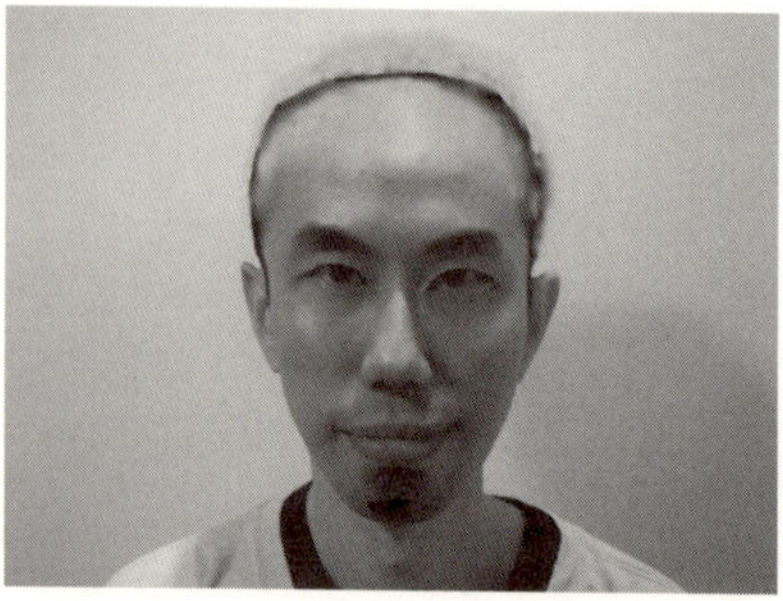

金紙＆銀紙の人相未来占い

ある秋の日、金紙＆銀紙は、この本のフィナーレを飾る企画を考えていました。

「そうだ、人相で未来を占ってもらうのはどうだろう」

そう思い立ち、2人は原宿・竹下通りにある占い館・塔《タ》里《リ》木《ム》へと向かったのでした。

にこやかに迎えてくださったのは、伊藤瑛輔先生。金紙＆銀紙の未来はいかに？

原宿占い館　塔里木《タリム》

TEL 03-3746-1333

2人を占ってくださったのは、伊藤瑛輔先生。
易や手相・人相占いがご専門です。

お名前は枡野浩一さんと河井克夫さん……ニセ双子ユニット？　映画に出たりしてるんですか。「今後、より華々しく活躍できるかどうか見てほしい」ということですね。わかりました。……んー。お二方ともね、上底、中底、下底のうち、頭の方の上底が発達されているんですよ。おでこが広め……これは若いうちに運勢が開けやすい。目上の、自分を引き上げてくれる方との出会いが若いうちに起こりやすいですね。アイデアを練りだしたりとか、知的作業に向きます。耳は似てる。耳たぶが、ちょっとちがうだけですね。耳は親からもらった健康運とか先天運を表して、生涯不変の相って言われてます。お二人は「耳聡い」……賢い耳なんですよ。人相は骨格とか眉とか鼻とかで、持って生まれた全体的な運勢を表すんですけど。あと、「気血色」というので今の恋愛とかがわかります。……河井さんは今ね、右のおでこのところにちょっと曇りが出てますね。これは仕事とか何か変えようと模索している……。眉の上の、ここのところがきれいに晴れてますので、最近、ここ数日とか、お友達からいい情報を得られたりしそうです。鼻の先の色が晴れてるのにくらべて、鼻の中間層がちょっとくすんだ色がでてきちゃうから、ちょっと内臓が弱ってるかも。鼻の形も二人とも似ていて、なかなかバランスのとれた鼻ですよ。鼻では我を見るんです。我は多少強いんだけれども、ある程度協調性を持ってやっていける。……少年、中年、晩年って見ると、晩年のほうも悪くないですよ。顎も口もしっかりしているし。口っていうのは生活力とか金運とか愛情運を見るんです。唇は愛情の厚さ。上唇は自分が出す愛情、下唇は自分の

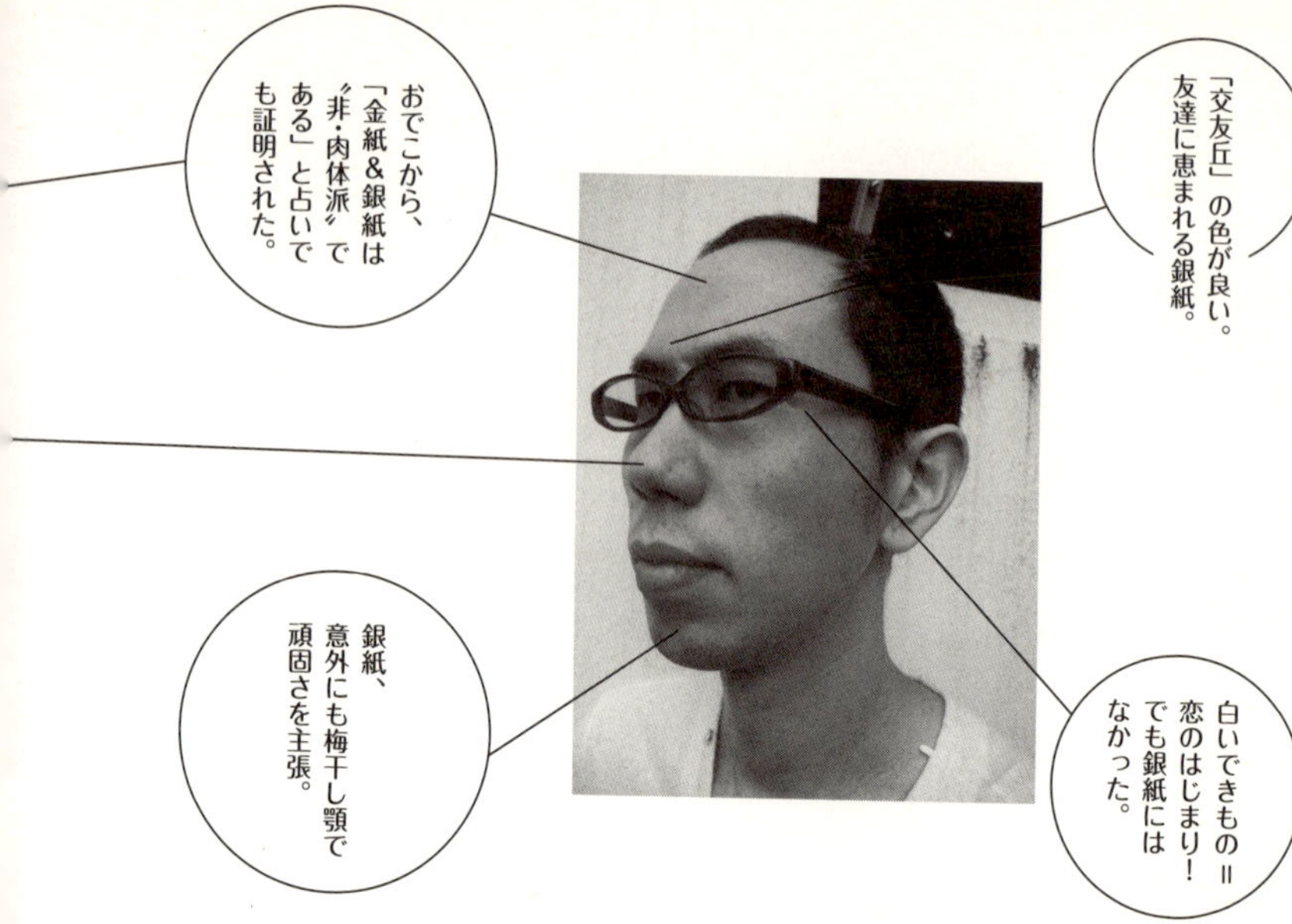
「交友丘」の色が良い。友達に恵まれる銀紙。
おでこから、「金紙&銀紙は“非・肉体派”である」と占いでも証明された。
白いできもの＝恋のはじまり！ でも銀紙にはなかった。
銀紙、意外にも梅干し顎で頑固さを主張。

受ける愛情なんですけどね。二人とも唇の厚さはバランスのとれた感じですね。ただ口角は、ちょっと上になってるほうが本当はいいんですよ。河井さんの場合、多少下がってる。これは文句言いだったりとか、不平不満が出やすい相ですね。それも個性なんですけど。「昔つり目だったのに、だんだん目がたれてきた」？ それは物の見方、考え方が優しくなってる、穏やかになってるってことですね。顎は梅干し顎なんですね。そういう人は頑固な人が多いですね。自分の哲学とか、考え方を一貫して通す人が多い。……結婚？ ちょっと手相を見せてもらっていいですか。結婚は、手相のほうが出るんですよ。……30くらいって恋愛ありませんでした？ そうでしょう。27とかは？ そうでしょう。いま37ですか。37、38とかで……あとは41、42歳とかかなあ。……今後、仕事の運勢としては順調に伸びていきますよ。二人の活動として、そういうユニットみたいなものは、いいと思いますよ。そこそこ有名になると思います。仕事の運勢を表すところの色がすごくいい色なんですよ。白っぽいのわかります？ ……枡野さんも独身ですか。眉はすごくいいですね。眉の上がすごく白く晴れてる。仕事は副業的なものがあるとしたら、そこからお金が入ってくる……そういう白い線がこのへんから出ています。ここ3、4カ月の話です。結婚は……手相を見せてください。手相はお二人、ちがいますね。枡野さんは「マスカケ」っていって、ちょっと変わった手相なんですよ。波瀾万丈な生き方をされるでしょう。この手相は、自分がこれだと思えるような仕事を見つけられるかどうかなんです。見つかってるんだったら、かなり成功

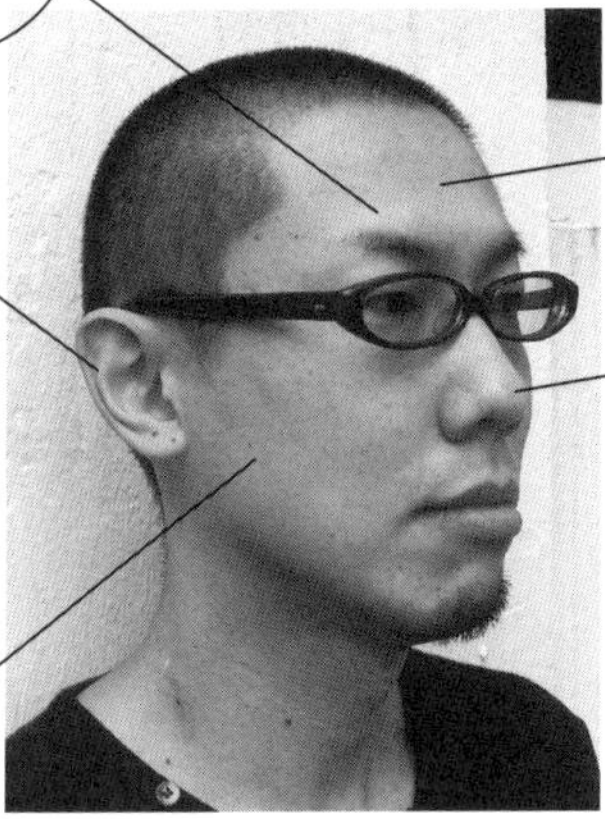

鼻、そっくり！
でも銀紙の鼻の色はくすんでいた。
内臓の危機。
眉の上が白く晴れている。金紙、仕事運好調。
ここが出っ張っているほど社会と相容れなくなる。
金紙は……。
ほっぺにある法令線は副業収入を暗示。
もしかしてCM出演料……？

している人が多いです。見つからないと、エネルギーが空回りしてしまう。自分がこうありたいっていうものを、持てるかどうかが人生の成功の鍵です。24歳、恋愛ありました？　忘れちゃいましたか。23歳くらいから忙しくなってるでしょ。それで26くらいのときに、25かな？　25のとき恋愛もあったはずだし。開運線っていうのが見えてる。何か転機があったはず。このときに線がわーって延びてるから。かなり頑張ったはずなんです。28、29もそういう線が出てるから、転機があったはずなんです。そのあとにもちょっと恋愛があったでしょ。好きな人できませんでした？　30、32くらい……30！　30って何かありました？　ああ、やっぱり……。体調とか崩しませんでした？　そうでしょう！　33くらいでまた何かあったはず。ああ、そうでしたか。いま、おいくつですか。あした（9月23日）が誕生日で38歳？　……あれ、でも37、38も転機になってますよ。何かあったでしょ。「ちょっと珍しい仕事をした」？　なるほど。結婚はここ1年くらいか……40、44かな。手相で見るとね。……ほかに知りたいことはないですか。「会いたい肉親に会えるかどうか」？　離婚して、お子さんに会えてないんですね。元奥さんが何を怒っているか知りたい、と。ではそれは易で見てみましょう。おそれいりますが目をつぶって……あなたのお名前と生年月日、元奥さんのお名前と生年月日を心の中で唱えてください。ハー1968ネン9ガツ23ニチウマレノマスノコウイチサンガ#g☆1U%無？eツ△●ウィ÷#あ◇?☆3Z&或♠2@g☆1U□$（……このあと先生は時間を30分も延長して金紙の未来を占ってくれました）。

日曜日の名言

「毎日新聞」（毎日新聞社）　2004年9月5日付

この連載の背景は『あるきかたがただしくない』（朝日新聞社）参照。
紙幅の都合で本書収録を断念。書籍化希望。

（第3種郵便物認可）　毎日新聞

日曜日の名言 ⑭

『愛の井口昇劇場』（アップリンク）より

金紙＝枡野浩一（きんがみ＝ますの・こういち）
1968年東京都生まれ。歌人。
単行本発売記念イベントの情報は、
http://8717.teacup.com/k/bbsにて。

銀紙＝河井克夫（ぎんがみ＝かわい・かつお）
1969年愛知県生まれ。漫画家。
著書『ブレーメン』『女の生きかたシリーズ』
（共に青林工藝舎）ほか。

○金紙　というわけで今月からのお相手は漫画家の河井克夫さん。
●銀紙　はじめまして河井です。
○金紙　僕たち、赤の他人なのに顔も雰囲気も瓜二つなんで、金紙＆銀紙というニセ双子ユニットを組んでます、どうぞよろしく！
●銀紙　仲がいいわけではなく、あくまで仕事上のつきあいです。
○金紙　だから基本は「です・ます」調でよそよそしく話します。夢はCM出演。それが叶う日までは、つらくても頑張らなくちゃ！
●銀紙　私たちの頑張りは、松尾スズキ公式サイト「松尾部」（http://www.matsuosuzuki.com）でもご覧になれます。で、今週とりあげるのは、同じ「松尾部」仲間である井口昇監督のDVD。
○金紙　これはお買い得の一枚ですね。以前VHSでリリースされた代表作『クルシメさん』を中心に5本の作品が収録されていて、1988年から2003年までの井口昇の歴史が凝縮されている。
●銀紙　とくに8ミリ作品『わびしゃび』は監督が19歳の時の作品で、地味だけれど、まぎれもない青春映画。凄《すご》いと思ったのは19歳にして、自分の生きていく手段は映画しかない、と決めてること。
○金紙　監督はもうすぐDVDにもなる恋愛ホラー『恋する幼虫』で注目されたけど、ものすごくキャリアの長い人なんですね。『わびしゃび』は自分自身を被写体にした私小説的ドキュメンタリー。現在の大きな体格からは想像できない19歳の瘦《や》せた井口さん、けっこうハンサムでモテそうだよね？
●銀紙　……そのへんは男の顔にうるさい貴男におまかせします。
○金紙　女の子に普通に告白したら普通につきあえそうなのに、映画撮影という屈折した方法で愛を伝えたら、後輩の可愛い子がカメラの前で泣いちゃうという……。
●銀紙　その、好きな子に会いにいくまでの映像が長いでしょう？　風景だけのつまんないシーンとかもわざと入れてる感じがする。自分をじらしてるんだと思います。
○金紙　カメラを持った井口昇が「しかし、それでも、俺は行く」と勇ましく言ってみたり、「でもどうせ駄目だ」と言ってみたり。ぶつぶつ言いながら好きな子のいる学校へ歩いていくんだけど、単なるストーカーに見える（笑）。
●銀紙　のちに観客へのサービス精神あふれた作品群を撮る監督が「自分へのサービス」に徹した実験作ですよね。でも自主映画にありがちな「ひとりよがり」とはちがって、自分をいったん突き放した上で自分に優しくする、自分への「アメとムチ」みたいな感じ。
○金紙　「僕は誰？」って監督が何度も質問して、「井口昇先輩です！」って好きな子に何度も言わせるとことか壮絶だったな……。
●銀紙　しまいには、「敗北者の顔、敗北者の顔、敗北者の顔、敗北者の顔……それが今の僕には、とっても必要なのです」とか言いながら、自分の顔を撮影してる。
○金紙　僕はオリンピック観てても勝者の顔には興味ないんです。勝者はそこで終わる。何かを学んで成長するのは常に敗者だから。
●銀紙　負けおしみ！

今週の名言

**敗北者の顔……
それが今の僕にはとっても必要なのです**

ニセ双子ユニット金紙&銀紙の　サプリソング

「NEWS MAKER」（ぴあ）No．196　2005年7月号

現在も「新サプリ・ソング」と名前を変えて連載継続中。

金紙は二十代の頃、この雑誌でライターデビューした。

セ双子ユニット金紙&銀紙の　第1回

サプリ・ソング

金紙でーす。
銀紙でーす。ふたりあわせて、
金紙&銀紙でーす。……あー、仕事したくないわあ……。
あたしもー。
毎日新聞で毎週やってた連載がやっと終わったと思っ
ューズメーカーで新連載スタート。頭では有り難いと思っ
だけど心は……。現実逃避して金紙&銀紙でシルクロード
ズベキスタンに旅行したりして楽しかったけど、終わってみ
退屈な日常の繰り返し……。
こっちは退屈だけど、あたしたちが帰国したとたん、あの
変なことになってるわねー。反政府暴動で。あれって、旅の
ずっと、遺跡も見ずに離婚の愚痴ばっかり言ってた金紙の
の国に悪影響を与えたのよ、きっと。くわばらくわばら。
あー、5歳の息子に会いたいわ……。仕事なんかしない
のほっぺをさわって1日ぼんやりしていたい……。
というわけで、いろいろ悩みが尽きないあたしたちですが、
は、あたしたちよりももっと悩んでる人に薬のかわりに歌
てあげて、その悩みを解消させてあげると同時に、その間、
ちも自分の悩みから逃避しようという企画です。さっそく
読者から悩み相談が届いてるわよ、金紙!

○金紙　連載1回目なのに、そんなの来るわけないじゃない。ヤラセよ、ヤラセ。ああ、息子に会いたい会いたい……。

ぼくは働くのがいやで今流行の「ニート」をやっています。金紙さんは「週刊朝日」連載で「働かざるもの食うべからず」とか書いていましたが、そんなえらそうなこと言えるような仕事をしてると自分で思ってるんですか?　金紙さんみたいな仕事をするくらいなら、働かないぼくのほうが立派だと思う。でも銀紙さんの仕事はわりと好きです。銀紙さんみたいなサブカル文化人になって遊んで暮らすのが夢です。どうしたらいいんですか!（世田谷区／仁井人／24歳）

○金紙　………。

●銀紙　そんな仁井人さんにぴったりの歌を処方します。それは、これ!　最近新譜が発売されたムーンライダーズの、でも新譜じゃなくて1986年にリリースされた「DON'T TRUST OVER THIRTY」から、「だるい人」です。これ、なんと作詞が漫画家の蛭子能収さんなんです。

○金紙　………これは凄い。〈突然、腕がだるくなり／お茶をこぼした。／濡れた机、拭く気もない。／ストロー持って来て／チュ、チュチュチュ／チュ、チュチュチュチュ〉って……。ストロー持ってくるほうが面倒よ!

●銀紙　〈月にでも行ってみたい／そんな気がする四十代／できれば何にもしたくない／金さえあればの四十代／ああ金が欲しい／自由が欲しい／何もしたくない〉ですものね。あたしたちは三十代で、やっぱり今何もしたくないんだけど、四十代の人もこんな気持ちになるんだから、まだ二十代の仁井人くんなんか全然大丈夫!　そのままの君でOK!!

○金紙　〈さよなら社長に手を振って／ついでに女房に手を振って／子供も一緒に　さようなら〉……そんな境地になれたら、あたしも今みたいに苦しまなくて済むのかしら。

●銀紙　エビスさんは、この歌詞みたいなことを突き詰めて、年収1億とも噂される売れっ子文化人になったわけよね。あたしたちも頑張って、「何もしたくない」という気持ちを大切に生きていきましょう!

○金紙　………金があればの三十代。

野浩一（きんがみ=ますの・こういち）
京都生まれ。歌人。二十代前半に本誌「ニューズメーカー」でライターとしてデビュー。そのあと紆余曲折
歌集「てのりくじら」（実業之日本社）を刊行、ロングセラーに。作詞、小説、脚本、レビューなど幅広く執筆活
新刊「かなしーおもちゃ」（インフォバーン）。「フラウ」「流行通信」他で連載中。http://masuno.de

○銀紙=河井克夫（ぎんがみ=かわい・かつお）
1969年愛知県生まれ。漫画家。二十代後半に雑誌「ガロ」でデビュー。紆余曲折を経て「ブレーメン」（青林工藝社）を三十過ぎてから刊行。各誌で幅広く執筆活動を行うほか、演劇活動や、音楽活動なども展開。最新作「日本の実話」（青林工藝社）。「テレビブロス」「ダ・ヴィンチ」「流行通信」などで連載中。http://kawaika.exblog.jp

銀紙は「ポスト・おすぎとピーコ」の座を狙うニセ双子ユニット。松尾スズキ監督「恋の門」出演などで活躍。初単行本（リトル・モア）準備中。夢はネスカフェのCM出演。http://www.matsuosuzuki.com/kingin

■お悩み供養?募集：あなたが抱えている悩みを、このふたりにブツけてみませんか?
住所・氏名・ペンネーム・年齢・あなたの悩みを明記して、下記まで寄せてください。〒102-8738 東京都千代田区三番町5-19
ぴあ株式会社　R&Rニューズメーカー編集部　金紙&銀紙のサプリ・ソング係。悩み相談お待ちしています。

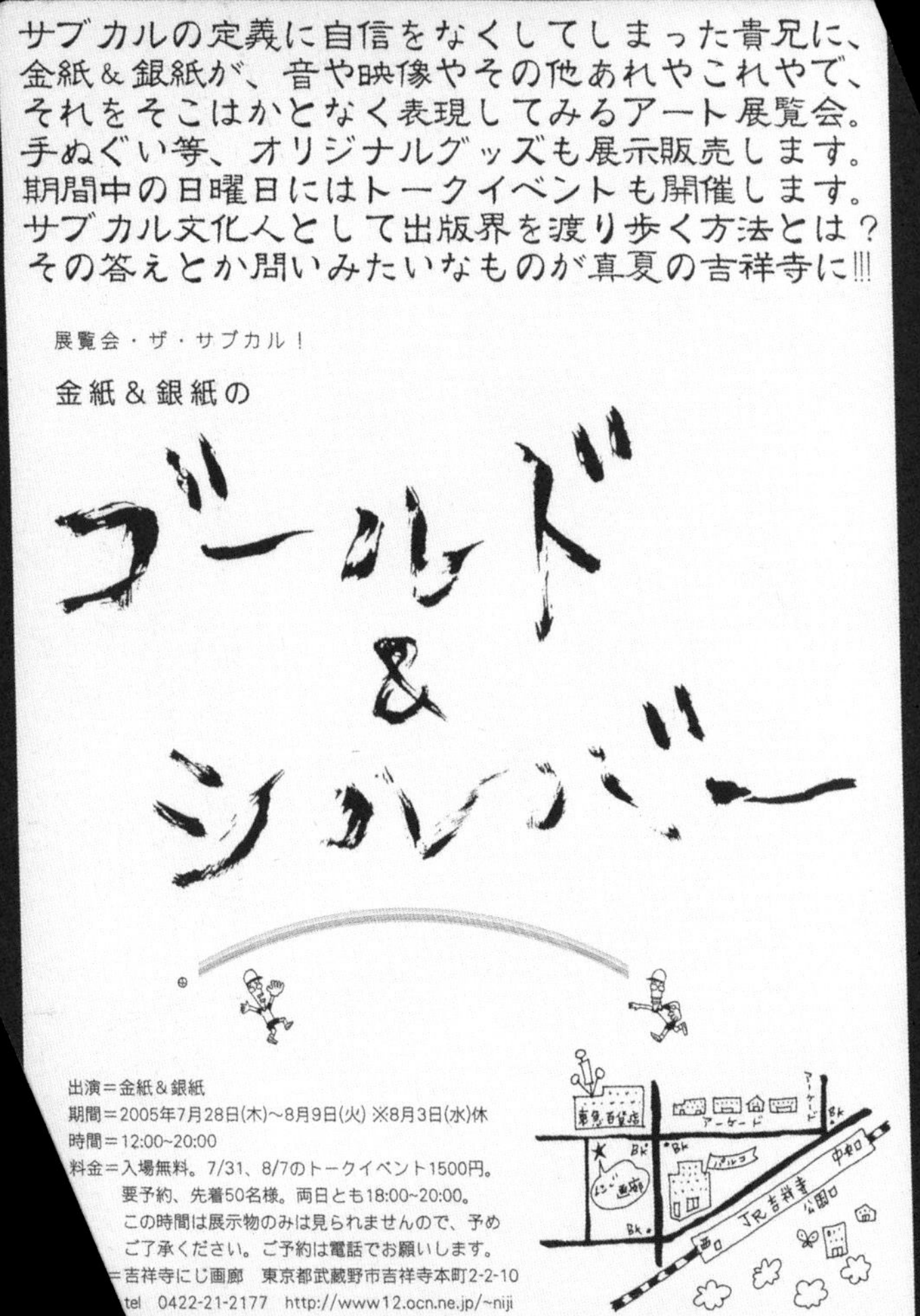
サブカルの定義に自信をなくしてしまった貴兄に、
金紙＆銀紙が、音や映像やその他あれやこれやで、
それをそこはかとなく表現してみるアート展覧会。
手ぬぐい等、オリジナルグッズも展示販売します。
期間中の日曜日にはトークイベントも開催します。
サブカル文化人として出版界を渡り歩く方法とは？
その答えとか問いみたいなものが真夏の吉祥寺に!!!

展覧会・ザ・サブカル！

金紙＆銀紙の

ゴールド
＆
シルバー

出演＝金紙＆銀紙
期間＝2005年7月28日(木)〜8月9日(火) ※8月3日(水)休
時間＝12:00〜20:00
料金＝入場無料。7/31、8/7のトークイベント1500円。
要予約、先着50名様。両日とも18:00〜20:00。
この時間は展示物のみは見られませんので、予め
ご了承ください。ご予約は電話でお願いします。
＝吉祥寺にじ画廊　東京都武蔵野市吉祥寺本町2-2-10
tel 0422-21-2177　http://www12.ocn.ne.jp/~niji

金紙＆銀紙の　ゴールド＆シルバー
2005年7月28日〜8月9日　吉祥寺にじ画廊にて開催
金紙＆銀紙が映画に出るときスタイリングを相談している、
服飾デザイナーの谷田浩がデザインしてくれたDM。

金紙銀紙の見わけかた。
ビジュアル的に
のみこみ
やすい方が
金紙。
性格的に
のみこみやすい方が
銀紙。
そう
覚えとくと
まちがいない
です。ハイ。
©matsuo suzuki

あとがき——金紙&銀紙とは何だったのか

河井克夫(銀紙)

金紙&銀紙は2002年、共通の知り合いだった松尾スズキ氏がいろんな人にウェブ連載をやらせるホームページ「松尾部」を発足した際、「君たちは顔が似ているから、ふたりでなんかしなさい」と引き合わされ、結成されました。ユニット名は、そのために集まった飲み会の席上、松尾さんによって「じゃあ、金紙、銀紙」とわりといいかげんに名付けられたものです。業種は違えどサブカルチャー業界で口を糊する我々ふたりが、対談で世相を斬ったりするのはどうだろう、ということで、毒舌双子の先達である「おすぎとピーコ」の真似もいれてオカマ言葉で始めたのが、本書の前半を占める「金銀パールプレゼント!」でした。連載タイトルは篠崎真紀さんの発案によるもので、若い人は知らないでしょうが昔、洗剤のコマーシャルのキャンペーンでそういうのがあったのです。

連載を始めてまもなく、イベントでトークショーなどもやるようになり、そのときわかったのは金紙こと枡野さんの「自分についての話をすることが大好きで、しかもそのことに対して全く躊躇がないこと」でした。それは彼の著作などをみてもらうと容易に確認できますが、本人の言を借りると「僕はプロだから他のことだって書ける(喋れる)けど、心を込めて書くと(喋ると)自分の話になる」からだそうで、ようするに枡野さんは「枡野浩一について知らせることが、読者や聴衆に対しての最大のサービス」だと思っている人なのでした。いっぽう私はわりと受け身の人間というか、自分のことを話すのは面倒と思ってしまうタチで、そういうふたりが対談をした場合、話題が枡野さんのこと一辺倒になることは自明のことです。奇しくもその頃から、枡野さんが奥さんに家を追い出されて離婚に至るという事件があり、彼のただでさえ豊富な（自分についての）話題が、より豊富になってしまい、ここに至って金紙&銀紙は「枡野さんの愚痴を、顔が似ている人が聞く」というユニットになったのでした。

本書収録の「金銀パールプレゼント！」のなかに展開される話題は、もう4年前のことでいろいろ古いし、このときは私がまだ金紙慣れしてなくて、拮抗させようとして自分の話題をふったり、ツッコミ過剰だったりして、今読むとちょっとサムイことになってたりする部分もありますが、この連載は、現在の枡野さんの人となりを形成するにあたって、（おもに離婚がらみの）重要な記録なので、読者諸子はアーカイブのような気持ちで読んでいただけると幸いです。

後半の12時間対談は、本書の企画が立ち上がった際「ほっといたらこの人はどれくらい自分の話をするのか、いっぺん試してみよう」という思いもあっておこなったものでしたが、枡野さんは私のそんな企みなどケシとばすように、12時間ミッチリ喋り続けました。収録されているものは、読みやすくする為と、半分くらいが人の悪口で載せられないという理由で大幅にカットされた、これでもショートバージョンであります。この対談ももう去年の8月で、刊行までに1年以上経ってしまいました。膨大な量なのでテープ起こしに1カ月かかってたら、対談で語られている相手との恋が終わってしまい、元気のなくなった枡野さんが「読み返すのが辛い」とか言って校正をサボっていたためです。

ところが今年9月に入って枡野さんは、加藤あいとのCM共演や、著作の刊行予定が立て続けに決まったことなどで元気になり、「みんなが僕の顔を覚えている今のうちに出すべきだ」とむしろ周りをせかし出し、でもまあそのおかげで、立ち消えになることもなく本が出ることになったので、すごく良かったと思います。

そんなような経緯を経て、この本がどういう本になったかというと、「河井克夫とともに探る、枡野浩一研究読本」です。枡野さんと親交の深いルポライターの藤井良樹さんによると「マスノはその（エキセントリックな）言動で、自分の周りの人間をすべて（マスノ研究に携わる）マスノ学校の生徒にしてしまう。そして生徒たちのマスノ理解度をいちいち、正しいとか正しくないとか論じ、『君は今回40点ですね』などと心の中で勝手に採点している。インターネットで枡野浩一のことをたまたま書いた人たちも、もはやマスノ学校の生徒なのである（大意）」のだそうで、そのデンでいえば、私はもはや枡野さんの術中にはまり、手の内で転がされている存在なのでしょう。

そういう「よくわからないユニットの、よくわからない本」の刊行を引き受けてくれたリトルモアの孫家邦社長のフトッパラにまず最大の敬意を表し、私といっしょに枡野さんに振り回されてくださった担当編集者の大嶺洋子さん、田中祥子さんに最大の謝意を表します。テープ起こしはさぞ辛かったことと思います。あとデザイナーの篠田直樹さんのおかげで、枡野さんのヘンさが、なんだかチャーミングに表現されてます。ありがとうございました。松尾さんも、忙しいのに素敵な序文とイラストを、ありがとうございました。

そして、本書を手に取ってくださった読者の皆さんへ。

枡野さんって面白いでしょう？　枡野さんを好きな人も嫌いな人も、この本を読んで、より好きになったり嫌いになったり、好きだったのが嫌いになったり、嫌いだったのが好きになったり、してくれるといいと思います。

あと、銀紙もよろしく。

２００６年　秋

「あたしたち、
もう
終わっちゃった
のかしら？」
「バカねー、
まだ
始まっちゃ
いないわ！」

金紙＆銀紙の
似ているだけじゃダメかしら？

2006年12月20日　初版第1版発行

著者　枡野浩一
　　　河井克夫

ブックデザイン　篠田直樹（bright light）
表紙写真　ハニー
（額縁内写真撮影　金紙＆銀紙）
編集　大嶺洋子、田中祥子
発行者　孫家邦
発行所　株式会社 リトルモア
〒151-0051
東京都渋谷区千駄ヶ谷3-56-6
tel：03-3401-1042
fax：03-3401-1052
印刷・製本　図書印刷株式会社

Printed in Japan
ISBN4-89815-195-7　C0095